中国诗词常识

徐敬修◎著

应急管理出版社

·北京·

图书在版编目（CIP）数据

中国诗词常识 / 徐敬修著. -- 北京：应急管理出
版社，2024. -- ISBN 978-7-5237-0773-9

Ⅰ．Ⅰ207.2

中国国家版本馆 CIP 数据核字第 2024GH4320 号

中国诗词常识

著　　者	徐敬修
责任编辑	高红勤
封面设计	胡椒书衣

出版发行　应急管理出版社（北京市朝阳区芍药居 35 号　100029）
电　　话　010 – 84657898（总编室）　010 – 84657880（读者服务部）
网　　址　www. cciph. com. cn
印　　刷　三河市九洲财鑫印刷有限公司
经　　销　全国新华书店

开　　本　710mm×1000mm$^1/_{16}$　**印张**　15　**字数**　222 千字
版　　次　2025 年 1 月第 1 版　2025 年 1 月第 1 次印刷
社内编号　20240434　　　　　　**定价**　68.00 元

出版说明

　　徐敬修，江苏吴江（今苏州市吴江区）人，师从清末民初著名国学大师金天翮学习国学、诗词等。后加入苏州文学社团星社，成为其重要成员。之后长期从事国学、文学、历史等方面的研究工作，主持编撰了大量国学普及类读本，其中包括《诗学常识》《词学常识》等著作，在学术研究和传统文化普及方面颇有建树。

　　中国诗词文化源远流长、独具魅力，是中华文化经脉中最重要的组成部分。诗词歌赋看似轻巧的短句既可传情达意之间，又蕴含着中国传统文化厚重深远的意境。常言道，"熟读唐诗三百首，不会作诗也能吟"。诗词是融入中国人血脉的文化基因，是沁入中国人灵魂的绕梁余音，对诗词的学习和研究也是中国人特有的文化追求。

　　在徐敬修先生众多作品中，我们选取了《诗学常识》和《词学常识》两部著作，整合编撰而成《中国诗词常识》，以供读者更加全面细致地了解中国的诗词文化，体悟诗词之美。本书从诗词的意义、起源、体例、类别、文法讲到诗词的历史沿革发展，再到诗研究的具体方法，层层递进、鞭辟入里。针对文中内容，插入了百余幅历代名家绘画作品，旨在让读者在阅读和理解诗词之余，领略中国诗词的意境与魅力。

　　本次再版基本保存了徐敬修先生作品原貌，仅对部分字词、标点符号进行规范化处理，改为通行用法，力求完整展现作者的深厚学养与学术思想。此外，作者的观点是基于其所处时代背景产生的，并不代表出版方立场。

　　特此说明，望读者鉴查。

目　录

第三章 研究诗学之方法

第四章 词学总说

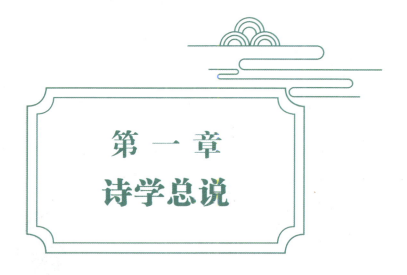

第 一 章
诗学总说

诗学常识提要

　　诗之大源，出于三百篇。继葩经而起者，则有离骚，由骚而变为乐府，为古诗，为律为绝。其体制之沿革，变迁之大势，以及历代作家之所以称美处，本书均能扼要叙出。而近代诗学之趋势亦略及焉，至所采诸家学诗之方法说，亦与文学常识同。

第一节　诗之意义

诗，温柔敦厚，所以言志也。《虞书》云："诗言志，歌永言。"盖以人之思想，在心则为志，发言则为诗；故孔子曰："不学《诗》，无以言。"由此可知人之情志，动乃为诗；诗者，人类发表真正思想之工具也。

孔子又曰："小子何莫学乎《诗》？《诗》：可以观，可以兴，可以怨。"子夏《诗序》曰："诗者，志之所之也。在心为志，发言为诗，情动于中而形于言；言之不足，故嗟叹之；嗟叹之不足，故永歌之；永歌之不

《诗经》

孔子

足，不知手之舞之，足之蹈之也。"朱子《诗传序》曰："人生而情，天之性也；感于物而动，性之欲也。夫既有欲矣，则不能无思；既有思矣，则不能无言；既有言矣，则言之所不能尽，而发于咨嗟咏叹之余者，又必有自然之音响节奏而不能已焉，此诗之所以作也。"曹文埴序《香山诗选》云："自知诗之根性情，流于感触，而非可以牵强为者；而彼尚戈戈焉比拟于字句声调间也，则曷反之于作诗之初心，其亦有动焉否耶？"袁子才《随园诗话》云："须知有性情，便有格律，格律不在性情外；三百篇半是劳人思妇，率意言情之事，谁为之格？谁为之律？而今之谈格调者，能出其范围否？"

总上述各家之说，我人可因以知诗之意义，乃用自然之音响节奏，以表现我人之真思想，真精神，脱口而出，自有一种天然之美，所谓"人生之表现""德谟克拉西"之文学是也。

朱子　　　　　　　　　　　　《香山诗选》

子夏

抑前人之论诗，又有所谓"六义"焉。"六义"者，"风""雅""颂""比""兴""赋"是也。子夏《诗序》云："上以风化下，下以风刺上，主文而谲谏，言之者无罪，闻之者足以戒，故曰风。至于王道衰，礼义废，政教失，国异教，家殊俗，而'变风''变雅'作矣。国史明乎得失之迹，伤人伦之废，哀刑政之苛，吟咏情性，以风其上，达于事变而怀其旧俗者也；故'变风'发乎情，止乎礼义。发乎情，民之性也；止乎礼义，先王之泽也；是以一国之事，系一人之本谓之风。言天下之事，形四方之风谓之雅。雅者正也，言王政之所由废兴也。政有小大，故有《小雅》焉，有《大雅》焉。颂者美盛德之形容，以其成功，告于神明者也。是谓'四始'，《诗》之至也。"此言风，雅，颂之义也。（按《关雎》为《国风》之始，《鹿鸣》为《小雅》之始，《文王》为《大雅》之始，《清庙》为《周颂》之始，故曰"四始"）

若夫"比""兴""赋"之义，则当时已不可考；故《诗正义》云："《郑志》张逸问：'何《诗》近于比，赋，兴？'答曰：'比，赋，兴，吴札观《诗》时，已不歌也。孔子录《诗》，已合风，雅，颂中，难复摘别。篇中义多兴。'逸见风雅有分段，以为比，赋，兴亦有分段，谓有全篇为比，全篇为兴，欲郑指摘言之。郑以比，赋，兴者，直是文辞之异，非篇卷之别，故远言从本来不别之意，言吴札观《诗》已不歌，明其先无别体，不可歌也。孔子录《诗》，已合风，雅，颂中，明其先无别体，不可分也。

《小雅·鹿鸣之什图》（局部）　宋　马和之　绘

元来合而不分，今日难复摘别也。言篇中义多兴者，以《毛传》于诸篇之中，每言兴也，以兴在篇中，明比，赋亦在篇中也。故以兴显比，赋也。若然比，赋，兴元来不分，则唯有风，雅，颂三诗而已。"司马迁曰："诗三百篇，大抵圣贤发愤之所为作也。情之发而正者，斯其诗列于风，雅，颂。比，赋，兴固在风，雅，颂中；亦即谓风，雅，颂出于比，赋，兴中也。有比，赋，兴则所以宣其情者，无所不尽。"郑康成《六艺论》亦谓风，雅，颂有赋，比，兴。惟是后世为诗，远不及风，雅，颂，而反近于比，兴，赋，自屈宋以至于汉，赋体极盛，而五七言诗中，亦具有比，兴，赋三义。故后人之论比，兴，赋曰："文已尽而意有余，兴也，因物喻志，比也，直书其事，寓言写物，赋也。"此比，兴，赋之义也。

其实风，雅，颂三者，乃就诗之性质而言也（风为闾巷之情诗，雅为朝廷之乐歌，颂为宗庙之乐歌。）比，兴，赋三者，乃就诗之体制而言也。（比者假物言志，兴者托物兴辞，赋者陈事直言）孔子叙《诗》，仅为风，雅，颂，而其言曰："《诗》可以观，可以兴，可以群，可以怨。"所谓观也，兴也，群也，怨也，即论比，兴，赋之义也。然无论诗之为何种体制，

司马迁　　　　　　　　　　　　《六艺论》

何种性质，要皆根于心灵之感荡，表现而出也。

上述《诗》之六义，其实比，兴在当时已无可考，而赋则不为当时所重，故至战国时始别树一帜，而所谓诗，只有风，雅，颂三者而已。惟三者之中，风则尤为合于诗之原质；盖《国风》之诗，为国民所歌，尤足以流露真情，而具天然之美，非如《大雅》《小雅》之只及于个人之善，《颂》之专以美盛德也。

我今于本节结束之际，再将诗之意义，重言以明之曰：诗者"人生之表现""德谟克拉西"之文学也；换言之，即诗于精神方面，事理叙述须真切，而足以表现人类真正之思想，情景须优美，而足以引起人之同情。于形式方面，声调宜合自然之节奏，而谐声韵，文词之描写须自然而有情感，又有色彩。故诗在文学中之地位，为一种有韵之美术文也。

第二节　诗之起源

诗本乎天籁，故民有欢愉悲戚之情，发为声音，则自成一种有韵之文辞，所谓歌谣是也。夫歌谣者，诗之滥觞也。《虞书》曰："诗言志，歌永言，声依永，律和声。"可知诗之由来，盖亦久矣。且我国文学之起源，实为诗歌，故自邃古以至夏商之世，所谓文学，惟诗歌而已。前人考诗之起源，断自唐虞，如郑康成《诗谱序》云："诗之兴也，谅不于上皇之世，大庭轩辕，逮于高辛，其时有亡，载籍亦蔑云焉。《虞书》曰：'诗言志，歌永言，声依永，律和声。'然则诗之道，放于此乎？"孔颖达《毛诗正义》曰："上皇谓伏羲，三皇之最先者，故谓之上皇，郑知于时信无诗者；上皇之时，举代淳朴，田渔而食，与物无殊，居上者设言而莫违，在下者群居而不乱，

孔颖达

未有礼义之教，刑罚之威，为善则莫知其善，为恶则莫知其恶，其心既无所感，其志有何可言，故知尔时，未有诗咏。"又曰："大庭，神农之别号，大庭轩辕，疑其有诗者。大庭以还，渐有乐器，乐器之音，逐人为辞，则是为诗之渐，故疑有之也。"按二氏之论，盖以先有乐而后有诗；然子夏谓"情发于声，声成文，谓之音"，则是先有诗而后有乐矣。惟我人按诸原理，诗歌似当在乐器之前，惜乎神农以

前，无诗歌可考，而神农之前，则已有乐器（《礼》云：女娲之笙簧。）可考矣。

考邃古之时，所谓诗者，乐，歌而已，然乐歌实为诗之起源。《孝经钩命决》谓伏羲乐名《立基》，一曰《扶来》，亦曰《立本》。《楚辞》注称伏羲作瑟，造《驾辩之曲》，《隋书·乐志》有伏羲《网罟之歌》，以颂开物成务之恩。其后神农氏之乐曰《下谋》，一曰《扶持》。（《孝经钩命诀》）葛天氏之乐，三人操牛尾投足以歌八阕：一曰《载民》，二曰《玄鸟》，三曰《遂草木》，四曰《奋五谷》，五曰《敬天常》，六曰《达帝功》，七

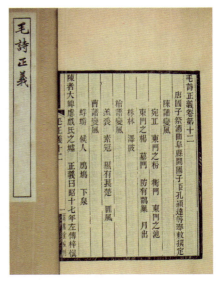

《毛诗正义》

《仪礼》

神农氏

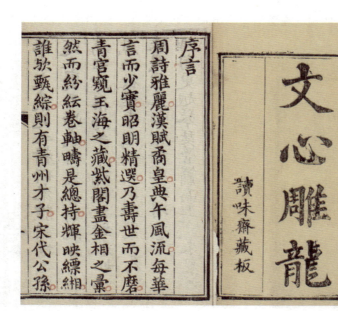

《吕氏春秋》

《文心雕龙》

曰《依地德》，八曰《总万物之极》。（《吕氏春秋》）而《文心雕龙》
载葛天氏乐辞云："玄鸟在曲。"其余皆但有篇名，辞皆不传。惟伊耆氏《蜡
辞》，则尚可见，其辞曰："土反其宅，水归其壑，昆虫毋作，草木归其
宅。"盖赞利用厚生之道也。此外尚有《短竹黄歌》，或谓此歌乃在黄帝
之时，（《文心雕龙》）或谓上皇之时，莫可得考；其歌云："断竹续竹，
飞土逐宍（肉）。"至于黄帝，则有《云门之乐》，《咸池之乐》，《枹
鼓之曲》，《归藏》曰："蚩尤出自羊水，八肱八趾疏首，登九原以代空桑，
黄帝杀之于青丘，作《枹歌之曲》十章：一曰《雷震惊》，二曰《猛虎骇》，
三曰《鸷鸟击》，四曰《龙媒蹀》，五曰《灵夔吼》，六曰《雕鹗争》，
七曰《壮士夺志》，八曰《熊罴哮呿》，九曰《石荡崖》，十曰《波荡壑》。"
少皞时有《皇娥歌》，尧舜之时，人文发达，有韵之文，如《路史后纪》
载帝尧制七弦，徽《大唐之歌》，而民事得；制《咸池之舞》，而为经首
之诗，以享上帝，命之曰《大咸》。帝舜作《大唐之歌》，以声帝美，声
成而朱凤至，故其乐曰："舟张辟雍，鸧鸧相从，八风回回，凤凰喈喈。"
言其和也。《列子》载尧微服游于康衢，闻儿童谣曰："立我蒸民，莫匪
尔极，不识不知，顺帝之则。"问曰："谁教尔此言？"儿童曰："我闻
之大夫。"问大夫，大夫曰："《古诗》。"《帝王世纪》载《击壤歌》，

黄帝

尧

《列子》

《尧民击壤图》 宋 梁楷 绘

盖帝尧之世，天下太和，百姓无事，壤父年八十余，而击壤于道中。观者曰："大哉帝之德也！"壤父曰："吾日出而作，日入而息，凿井而饮，耕田而食，帝何德于我哉？"帝舜之时，命夔典乐教胄子，乐律始传，孔子于《帝典》录有虞之歌，且载舜命夔之言曰："诗言志，歌永言。"是为诗教之始也。《虞书》帝庸作歌曰："敕天之命，惟时惟几。"又曰："股肱喜哉，元首起哉，百工熙哉。"皋陶拜手稽首扬言曰："念哉，率作兴事，慎乃宪。钦哉，屡省乃成，钦哉。"乃载歌曰："元首明哉，股肱良哉，庶事康哉。"又歌曰："元首丛脞哉，股肱隋哉，万事堕哉。"帝拜曰："俞！往钦哉。"《尸子》载帝舜弹五弦之惰，以歌《南风之诗》曰："南风之薰兮，可以解吾民之愠兮。南风之时兮，可以阜吾民之财兮。"《尚书大传》载舜将禅禹，于是俊乂百工，相和而歌《卿云》，歌曰："卿云烂兮，纠缦缦兮，日月光华，旦复旦兮。"八伯歌曰："明明上天，烂然星陈，日月光华，弘于一人。"帝乃载歌曰："日月有常，星辰有行，四时顺经，万姓允诚。于予论乐，配天之灵。迁于贤善，莫不咸听。夔乎鼓之，轩乎舞之，菁华已竭，褰裳去之。"其余如"普天之下，莫非王土，率土之滨，莫非王臣。"（舜自作之诗）以及"形若槁骸，心若死灰，真其实知，不以故自持。媒媒晦晦，无心而不可与谋，彼何人哉？"（被衣所作，见《文心雕龙》）及《琴掺拾遗记》，《古今乐录》中所录尧舜时之歌词。（如尧有《神人畅》，舜有《思亲掺》）是皆三百篇之权舆也。惟是当时所有歌，类皆后人掇录所得，其称为篇什而入于三百篇中者，则当至夏商时始也，此诗学起源之大概情形也。

《尚书大传》

第三节　诗与赋及文之区别

赋为六诗之一，而散文乃诗之后进，是以赋及散文，与诗均有关系，而其间不同之点，学者亦不可不知之也，兹分述之于下：

一、诗与赋之区别及赋之源流

班固

班固《汉书·艺文志》云："传曰：不歌而诵谓之赋，登高能赋，可以为大夫。言感物造耑，材知深美，可与图事，故可以为列大夫也。古者，诸侯卿大夫交接邻国，以微言相感，当揖让之时，必称诗以谕其志，盖以别贤不肖，而观盛衰焉。春秋之后，周道浸坏，聘问歌咏，不行于列国，学诗之士，逸在布衣，而贤人失志之赋作矣。大儒孙卿及楚臣屈原，离谗忧国，皆作赋以风，咸有恻隐古诗之义。"此言赋之起源也，然其言乃就诗衰以后之赋而论，非就古代之赋而言也。盖古代之赋已不可见矣。《左传》郑庄公感颍考叔之言，与武姜隧而相见，公入而赋："大隧之中，其乐也融融。"姜出而赋："大隧之外，其乐也泄泄。"又晋献公使士蔿为夷吾城屈，不慎置薪焉，让之，退而赋曰："狐裘龙茸，一国三公，吾谁

《汉书·艺文志》

荀子（别名孙卿）

《左传》

适从。"可知赋之复兴，乃在春秋之时。战国之时，宋玉、唐勒咸以赋名。至于汉代，有贾谊、陆贾、枚乘、司马相如、东方朔、刘向、扬雄等。《汉书·艺文志》《七略》，列赋为四家：一曰屈原《离骚》诸篇，多为言情之作，盖卓立千古之赋也。二曰陆贾赋，已不可得见，大概为纵横家言之文。三曰孙卿赋，大概为咏物敷义之作。四曰杂赋，其中兼成相《杂辞》《隐书》等篇，以及山陵云气雨旱禽兽六畜昆虫诸作，盖后世"连珠""韵语""星卜""占繇"之滥觞也。然后世之赋，大都本诸屈原《离骚》，（按《离骚》为《楚辞》中之一篇，而《楚辞》之称，则自刘向集屈原、宋玉所作，为《楚辞》十五卷，王逸又作《楚辞章句》，于是屈宋之赋，乃称《楚辞》）如贾生《惜誓》，上接《楚辞》，《鹏鸟》彷《卜居》，相如自《远游》变而为《大人赋》，枚乘自《大招》《招魂》散而为《七发》，其余更难仆数。今于赋之原流既明，乃可以言诗与赋之区别；诗与赋之区别，何在乎？曰：在于不歌而诵。然至后世之赋，则专以铺张排列为事，与诗益离，如《渔父》之辞，均不谐韵，而为无韵之文字，几不知其为古诗之流矣。

扬雄

屈原

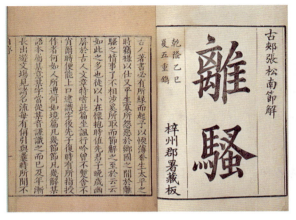

《离骚》

《楚辞》

二、诗与文之区别

　　散文之起源及意义，我于第七集（《文学常识》）中已详言之矣，兹专就与诗学不同之点，分别述之：大概散文偏于实用方面，而诗则偏于表现感情方面。散文形式不一，而诗则较为整齐，且易于传达本人之情感。散文所写，往往为片段，为现实，处处用解释说明，而诗则为具体，为借喻，偏重于暗示也。且就感动人心之力而论，诗之效力为大，有使人永永吟诸于口，缭绕于脑之效力。若就形式而论，则诗都押韵，文字又极优美和谐，非如散文之不谐声韵，而文字亦可不必力求优美动人也。此诗与文之区别也。

第四节　诗之种类

诗之种类，大别可分为四种：曰纪事，曰叙情，曰写景，曰说理是也。兹分述之于下：

一、纪事诗

吾国纪事诗之作品极少，如《庐江小吏》《长恨歌》《永和宫词》等，在诗学地位上，已为有数之作品，盖纪事诗之难：

（一）须立定一中心人物；

（二）须含有宗教之意味；

（三）须足以表示民族之全体；

（四）须有客观之眼光。

晚清篆刻家徐三庚《长恨歌》拓本（局部）

若以吾国古来所作之纪事诗，合之上述四原质，实寥寥无几也。

二、叙情诗

　　叙情之诗，吾国最多。如"感怀""悼亡""哀诗"等作，凡作诗者，殆无不有。盖诗本为发舒性情之工具，而茫茫六合之内，又不能脱离情之一字，则叙情之诗，当然占居诗学之大部矣。且叙情之诗，又无纪事诗之有四种原质，兴感所到，则发为咏歌嗟叹之音，以发舒意志，或纯粹发表个人之感情，或稍涉代表全体之民意，均无不可者也。

三、写景诗

　　昔人称摩诘诗皆入画，是可知诗者，亦描写景物之工具也。盖作诗以情景兼者为上，偏到为次。然古人作诗，又往往赋情于景物之中，托思于风云之表，故写景之诗，亦占居诗中之一大部分也。至写景诗之种类，不外山水花鸟，以及自然界中一切景物而已；然写景诗之妙处，又不在将景物老老实实写出，其妙处全在能将画工所不能到之处，一一写出，如花之香，鸟之语，皆非画工能力所可及，而诗则能之也，此写景诗之所以可贵也。

王维（字摩诘）

四、说理诗

　　宋人如程邵朱诸家，为诗多好说理，诗家称为旁门，盖诗以不涉理路，不落言诠为上乘；然所谓理路，所谓言诠，乃指性命之学而言，非说理诗之理也。说理诗之理，乃指天地间自然之理，凡一事之感，一物之悟，皆

《王维诗意图》 宋 米芾 绘

足以兴起而言，然必曲尽其事物之真相，无论悲欢通塞，须属自然，不可设造，又不可失之肤廓，所谓处处要合情理是也。如《老树诗》云："庭前有老树，春来抽条新，枯荣有变化，同此本与根。人生亦如此，嬗递秋复春。我死而有子，子死而有孙，根本苟不断，血脉长是亲。老幼体屡变，生死理未真，眼前儿童辈，都是千岁人。"此即说理之诗也。

上述四种，诗之种类，大概可以该括入之，至其体例，则更为繁复，当于下节述之。

第五节　诗之体例

　　诗之体例，种类极多，盖诗体随时代而变迁，然古体之诗，创于皇古，而大备于六朝之时；近体之诗，则始于李唐，而变极于赵宋之际，元明而后，因袭旧法，未有创制，不过因人而异其体名，于诗学上毫无关系也。

　　自来辨论诗体，代各有人，或简或繁，莫知所从，惟严沧浪所分诗体，颇为后之论诗法者所据，括其大纲，可分为八；虽尚病其繁复，然初学得之，可谓恰到好处。兹略斟酌损益，节录于下：

一、以时分体者

1.　建安体
　　汉献帝年号，如曹子建父子及邺中七子之诗是。

2.　黄初体
　　魏文帝丕年号，与建安相接，其体一也。

3.　正始体
　　魏主芳年号，如嵇阮诸人之诗是。

4.　太康体
　　晋武帝年号，如左思潘岳三张二陆诸人之诗是。

5.　元嘉体
　　宋文帝年号，如颜鲍诸人之诗是。

6.　永明体
　　齐武帝年号，如沈约、谢朓诸人之诗是。

魏文帝曹丕

沈约

7. 齐梁体

合齐梁两朝之诗而言。

8. 南北朝体

合魏周而言。

9. 唐初体

唐初之诗，犹袭陈隋之体，故云。

10. 盛唐体

景云（武后）以后，开元天宝之诗是。

11. 大历体

唐代宗年号，如大历十才子之诗是。

12. 元和体

唐宪宗年号，如元白诸人之诗是。

13. 晚唐体

晚唐诸人之诗，如温李是。

14. 元祐体

宋哲宗年号，如苏黄诸人之诗是。

15. 江西宗派体

　　黄山谷为宗。南渡以后，诗人尚沿此派之绪。

16. 宋遗民诗体

　　如谢翱、郑所南、邓牧诸人之诗是。

17. 乾嘉诗体

　　清乾隆、嘉庆时之诗，袁枚、赵翼等是。

《墨兰图》　宋　郑所南　绘

二、以人分体者

1. 苏李体

　　汉苏武、李陵之诗。

2. 曹刘体

　　魏曹子建、刘公干之诗。

3. 陶体

　　晋陶渊明之诗。

4. 谢体

　　晋谢灵运之诗。

袁枚

《陶渊明赏菊》 明 杜堇 绘

陶渊明

5. 徐庾体

  梁、陈时，徐陵、庾信之诗。

6. 沈宋体

  唐沈佺期、宋之问之诗。

7. 陈拾遗体

  唐陈子昂之诗。

8. 王杨卢骆体

  唐王勃、杨炯、卢照邻、骆宾王之诗。

9. 富吴体

  唐富嘉谟、吴少微之诗。

10. 张曲江体

  唐张九龄之诗。

11. 杜少陵体

  唐杜甫之诗。

12. 李太白体

  唐李白之诗。

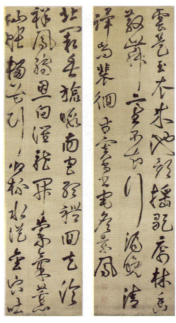

詹景凤《沈佺期诗轴》手迹

《王勃集第二十九卷残卷》手抄本（局部）

李白

《杜甫诗意图》 清 王原祁 绘　　　　《李白行吟图》 宋 梁楷 绘

13. 高达夫体

   唐高适之诗。

14. 孟浩然体

   唐孟浩然之诗。

15. 岑嘉州体

   唐岑参之诗。

16. 王右丞体

   唐王维之诗。

17. 韦苏州体

   唐韦应物之诗。

18. 韩昌黎体

   唐韩愈之诗。

19. 柳子厚体

   唐柳宗元之诗。与韦应物合称
韦柳体。

20. 李长吉体

   唐李贺之诗。

21. 李商隐体

   唐李商隐之诗，亦称西昆体。

22. 庐仝体

   唐庐仝之诗。

《孟浩然诗意图》 清 王翚 绘

傅山《孟浩然诗卷》手迹

《千岩万壑图》（局部） 唐 王维 绘

李贺《昌谷集》

韩愈

高适

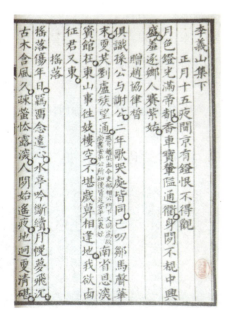

李商隐《李义山诗集》

23．白乐天体

　　唐白居易之诗。与元稹合称元白体。

24．杜牧之体

　　唐杜牧之诗。

25．张籍王建体

　　唐张籍、王建之诗。

26．贾阆仙体

　　唐贾岛之诗。

27．孟东野体

　　唐孟郊之诗。

28．杜荀鹤体

　　唐杜荀鹤之诗。

29．东坡体

　　宋苏轼之诗。

30．山谷体

　　宋黄庭坚之诗。

白居易

苏轼

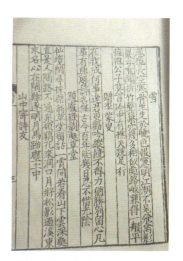

《杜荀鹤文集》

苏轼《答谢民师帖卷》手迹（局部）

31. 后山体

　　宋陈后山之诗。

32. 王荆公体

　　宋王安石之诗。

33. 邵康节体

　　宋邵康节之诗。

34. 陈简斋体

　　宋陈去非之诗。

35. 杨诚斋体

　　宋杨万里之诗。

36. 范石湖体

　　宋范成大之诗。

37. 陆放翁体

　　宋陆游之诗。

38. 永嘉四灵体

　　宋徐照，字灵辉；徐玑，字灵渊；翁卷，字灵舒；赵师秀，字灵秀，俱永嘉人，故四人之诗称永嘉四灵。

黄庭坚

黄庭坚《惟清道人帖》手迹

王安石

邵康节

王安石《行书楞严经旨要卷》手迹（局部）

《杨万里诗意图》　明　周臣　绘

范成大

39. 月泉吟社体

　　宋末义乌令浦阳吴渭约诸乡遗老为月泉吟社,约期命题收卷,评骘甲乙。

40. 元遗山体

　　金元好问之诗。

41. 虞杨范揭四家体

　　元虞集、杨载、范梈、揭傒斯之诗。

42. 吴中四杰体

　　明高启、杨基、张羽、徐贲之诗,亦称高杨张徐体。

43. 台阁体

　　明杨士奇、杨荣、杨溥之诗。

44. 李东阳体

　　明李东阳之诗。

45. 何李体

　　明何景明、李梦阳之诗。

46. 李王七子体

　　明李攀龙、王世贞、谢榛、宗臣、梁有誉、徐中行、吴国伦七子之诗。

47. 公安体

　　明袁宏道之诗。

李东阳

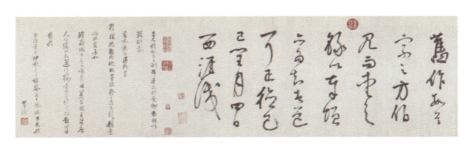

李东阳《春园杂诗》手迹(局部)

48．竟陵体

明钟惺、谭元春之诗。

49．吴梅村体

清吴伟业之诗。

50．王渔洋体

清王士祯之诗。

三、以风格分体者

1．选体

选诗随时代而异其体制，今人则例用五言古诗为选体。

2．柏梁体

汉武帝与群臣于柏梁殿共赋七言，每句用韵，后人以此为柏梁体，亦为联句之始。

3．玉台体

陈徐陵序汉魏六朝之诗为玉台集，其诗皆极纤艳。

4．西昆体

唐李商隐、温庭筠及宋杨刘诸人之诗。

5．宫体

梁简文之诗，伤于轻靡，时号为宫体。

6．香奁体

唐韩偓有《香奁集》，其诗多裙裾脂粉之语。

四、以篇章分体者

1．古体

即古体诗。有五言、七言、四言等分别。

2．近体

即律诗也。有五律、七律之分。

3. 后章字接前章者

曹子建《赠白马王彪》之诗是也。

4. 四句通义者

如少陵"神女峰娟妙，昭君宅有无，曲留羿怨惜，梦尽失欢娱。"是也。

5. 绝句折腰者

乃句中失黏而意仍不断者。

6. 八句折腰者

乃八句失黏而意仍不断者。

7. 拟古

拟古风之诗也。

8. 联句

柏梁体为联句之始。

9. 集句

集古人诗句以成为诗，起于傅咸之《七经诗》。

10. 分题

古人分题，或各赋一物，如云："送某人分题得某物"也，或曰探题。

11. 古律

陈子昂及盛唐诸公多此体。

12. 今律

当时之律诗。

13. 排律体

始于唐时，对偶平仄，与律诗同，其起止呼应与长篇古风同，于八句律诗之外，任意铺排联句，多寡不拘，不以锻炼为工，而以布置有序首尾通贯为尚。

五、以题目分体者

1. 口号

或四句，或八句。

2. 歌行

古有《鞠歌行》《放歌行》《长歌行》《短歌行》，又有单以歌名或行名者，不可枚述。

3. 乐府

汉武帝定郊祀，立乐府，采赵、代、秦、楚之讴，以入乐府，俱备众体，兼统众名也。

4. 楚词

屈原以下放《楚词》者，皆谓之《楚词》。

5. 琴操

古有《水仙操》，辛德源所作；《别鹤操》，商陵牧子所作。

6. 谣

沈炯有《独酌谣》，王昌龄有《箜篌谣》，《穆天子传》有《白云谣》。

7. 吟

《古词》有《陇头吟》，孔明有《梁父吟》，文君有《白头吟》。

8. 词

《选》有汉武《秋风词》，《乐》有木兰词。

9. 引

古曲有《霹雳引》《走马引》《飞龙行》。

10. 咏

《选》有《五君咏》，唐储光羲有《群鸦咏》。

11. 曲

古有《大堤曲》，梁简文有《乌栖曲》。

12. 篇

《选》有《名都篇》《京洛篇》《白马篇》。

13. 唱

魏武帝有《气出唱》。

14. 弄

《古乐府》有《江南弄》。

15．长调

16．短调

17．愁

《选》有《四愁》，《乐府》有《独处愁》。

18．叹

《古词》有《楚妃叹》，有《明君叹》。

19．哀

《选》有《七哀》，少陵有《八哀》。

20．怨

《古词》有《寒夜怨》《玉阶怨》。

21．思

太白有《静夜思》。

22．乐

齐武帝有《估客乐》，宋臧质有《石城乐》。

23．别

子美有《无家别》《垂老别》《新婚别》。

六、以韵分体者

1．全篇双声叠韵

东坡《经字韵诗》是也。

2．全篇字皆平声

天随子《夏日诗》，四十字皆是平，又有一句全平一句全仄者。

3．全篇字皆仄声

梅圣俞"酌酒与妇饮"之诗是也。

4．律诗上下句双用韵

第一句第三五七句押一仄韵，第二句第四六八句押一平韵，唐章碣有此体，不足为法。又有四句平入之体，四句仄入之体，无关诗道，今皆不取。

5. 辘轳韵

双入双出，每隔二句用韵是也。

6. 进退韵

一进一退，隔一句用韵是也。

7. 葫芦韵

先二韵后四韵是也。

8. 颠倒韵

四句用同两字为韵，略如《反覆诗》者是也。

9. 平仄两韵

句中平仄字，各协韵者也。

10. 古诗一韵两用

《文选》曹子建《美女篇》有两难字，谢康乐《述祖德诗》有两人字，其后多有之。

11. 古诗一韵三用

《文选》任彦升《哭范仆射诗》三用情字。

12. 古诗重用二十许韵

《焦仲卿妻诗》是也。

13. 古诗全不押韵

古《采莲曲》是也。

14. 律诗至百五十韵

少陵有古韵律诗，白乐天亦有之。而宋王黄州有百五十韵五言律。其后排律诗有多至二百余韵者。

15. 律诗止三韵

唐人有六句五言律，如李益诗"汉家今上郡，秦塞古长城。有日云常惨，

谢灵运（世称"谢康乐"）

《谢康乐集》

无风沙自惊。当今天子圣，不战四方平。"是也。

16．分韵

分韵得某字是也。

17．用韵

凡和人之诗，用其原韵而不句句次也。

18．和韵

亦称次韵，句句用其原韵，而先后不变也。

19．依韵

同在一韵之中，而不用其字也。

20．借韵

如押七支韵，可借八微或十二齐韵是也。

21．协韵

《楚词》及《选诗》多用协韵。

22．今韵

用现今通用之韵。

23．古韵

如退之"此日足可惜"篇用古韵也。选本诗盖多如此。

七、以句法分体者

1．绝句

有五言绝句，及七言绝句，乃截律诗之半也。

2．杂言

即长短句之诗。

3．三五七言

自三言而终以七言，隋郑世翼有此诗。"秋风清，秋月明；落叶聚还散，寒鸦栖复惊。相思相见知何日，此时此夜难为情。"

4．半五六言

晋傅休元"鸿雁生塞北"之篇是也。

5. 一字至七字

唐张南史《雪月花草》等篇是也。

6. 三句之歌

高祖《大风歌》等是也。

7. 两句之歌

荆卿《易水歌》等是也。

8. 一句之歌

《汉书》"枹鼓不鸣董少平"一句之歌也。又汉《童谣》"千乘万骑上北邙",梁《童谣》"青丝白马寿阳来"皆一句也。

以上就字句之数而分者。

9. 律诗彻首尾对

少陵多此体,不可概举。

10. 律诗彻首尾不对

盛唐诸公有此体,如孟浩然诗"挂席东南望,青山水国遥,舳舻争利涉,来往接风潮。问我今何适?天台访石桥。坐看霞色晚,疑是赤城标。"又

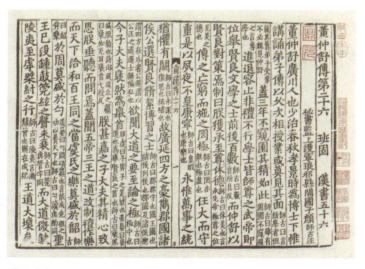

《汉书》

"水国无边际"之篇，又太白"牛渚西江夜"之篇，皆文从字顺，音韵铿锵，八句皆无对偶者。

11. 十字对

刘眘虚"沧浪千万里，日夜一孤舟"是也。

12. 十字句

常建"一径通幽处，禅房花木深"等是也。

13. 十四字对

刘长卿"江客不堪频北望，塞鸿何事又南飞"是也。

14. 十四字句

崔颢"黄鹤一去不复返，白云千载空悠悠。"又太白"鹦鹉西飞陇山去，芳洲之树何青青"是也。

15. 扇对

又谓之隔句对，如郑都官"昔年共照松溪影，松折碑荒僧已无。今日还思锦城事，雪销花谢梦何如？"等是也。盖以第一句对第三句，第二句对第四句。

刘长卿

崔颢

《宋人黄鹤楼图》　宋　佚名　绘

16. 借对

孟浩然"厨人具鸡黍，稚子摘杨梅。"太白"水舂云母碓，风扫石楠花。"少陵"竹叶于人既无分，菊花从此不须开"是也。

17. 就句对

又曰当句有对。如少陵"小院回廊春寂寂，浴凫飞鹭晚悠悠。"李嘉祐"孤云独鸟川光暮，万景千山一气秋"是也。

以上就句之对偶而分者。

八、杂体

1. 风人

上句述一语，下句释其义，如古《子夜歌》《读曲歌》之类，则多用此体。

2. 藁砧

《古乐府》"藁砧今何在？山上复安山。何当大刀头，破镜飞上天。"僻辞隐语也。

3. 两头纤纤

见乐府。

4. 杂组

见乐府。

5. 盘中

《玉台集》有此体，苏伯玉妻作，写之盘中，屈曲成文也。

6. 回文

起于宝滔之妻，织锦以寄其夫也。

7. 反覆

举一字而诵,皆成句,无不押韵,反覆成文也。李公诗格有此三十二字诗。

8. 离合

字相析合成文,孔融《渔夫屈节》之诗是也。虽不关诗之轻重,其体制亦古。

9. 建除

鲍明远有《建除诗》,每句首冠以建除平满等字。

10. 拗诗体

律诗平仄不差,则不失黏;一失黏,则为拗体。

11. 蜂腰体

凡律诗颔联不对,却以二句叙事,而意与首句相贯,至颈联方对者,谓之蜂腰体,言已断而复续也。

鲍照（字明远）

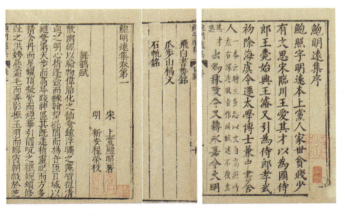

鲍照《鲍明远集》

12. 断弦体

　　语似断而意接气存，言虽不接而脉则相承，如藕断丝续也。

13. 偷春体

　　凡起联相对，而次联不对者，谓之偷春体，如梅花偷春色而先开也。

14. 叠字诗体

　　八句诗中，或以六句用叠字，或以四句用叠字，或全用叠字是也。

15. 首尾吟体

　　首尾吟者，一句而首尾皆用之也。

16. 平头诗体

　　句句第一字皆同，而句句意不可同也。

　　此外尚有字谜、人名、卦名、数名、乐名、州名。又有六甲十属之类，及藏头歇后等体；皆非诗之正格。

第 二 章

历代诗学之变迁

第一节　三代之诗学

诗歌创自太古，历唐虞而始进步，至于夏商之世，韵文益行发达，徵诸佚篇，颇多可考，虽间有伪作，然当时一代诗学之渊源，未必不可因以知其一二焉，兹分述之于下：

一、夏代之诗学

《吕氏春秋》谓禹行水见涂山之女，禹未之遇，而巡省南土，涂山氏之女，乃命其妾候禹于涂山之阳，女乃作歌曰："候人兮猗。"是为南音之始；（按《涂山之歌》，或谓后人所伪托。）其后有孔甲《破斧之歌》，是为东音之始；辛余靡《济昭之歌》，是为西音之始。至于启之时，则有《九辩九歌》，今词已失传；夏祚中衰之时，又有《五子之歌》，声含哀怨，惜其歌词亦已亡失。桀之时，作瑶台，为酒池糟堤，纵靡靡之乐，一鼓而牛饮者三千人，于是群臣相持歌曰："江水沛沛兮，舟楫败兮，我王废兮，趣归薄兮，薄亦大兮。乐兮乐兮，四牡蹻兮，六辔沃兮，去不善而从善，何不乐兮？"（《新序刺奢篇》）其词盖含怨刺之意矣。此夏代诗学之大概情形也。

二、商代之诗学

《葩经》之中，有《商颂》五篇，天威大声，开后世侑歌宗庙，侈陈祖德之先声，今录《玄鸟》一章于下：

《玄鸟》一章二十二句

濬哲维商，长发其祥。洪水芒芒，禹敷下土方，外大国是疆。幅陨既长，有娀方将，帝立子生商。

　　玄王桓拨，受小国是达，受大国是达。率履不越，遂视既发。相土烈烈，海外有截。

　　帝命不违，至于汤齐。汤降不迟，圣敬日跻。昭假迟迟，上帝是祗，帝命式于九围。

　　受小球大球，为下国缀旒，何天之休。不竞不絿，不刚不柔。敷政优优，百禄是遒。

　　受小共大共，为下国骏厖，何天之龙，敷奏其勇，不震不动，不戁不竦，百禄是总。

　　武王载旆，有虔秉钺。如火烈烈，则莫我敢曷。苞有三蘖，莫遂莫达，九有有截。**韦顾既伐**，昆吾夏桀。

　　昔在中叶，有震且业。允也天子，降于卿士。实维阿衡，实左右商王。

　　商代之诗歌，除《商颂》外，尚有有娀氏之《燕飞歌》。按殷契母曰简狄之女也。《吕氏春秋》谓有娀氏有二佚女，为之九成之台，饮食必以鼓，帝令燕往视之，鸣若谥隘，二女爱而争搏之，覆以玉筐，少选发而视之，燕遗二卵北飞，遂不反，二女作歌，一终曰："燕燕往飞。"盖北音之始也。

　　苏子由曰："商人之书简洁而明肃，其诗奋发而严厉。"杨慎称其"非深于文者不能为此言"，则商代诗学之大概情形，此语盖已得之矣。

三、周代之诗学

　　周代学校之中，教之以诗，且设太史之官，采取民间之歌谣，上之朝廷，以观风俗，而考政治之得失，故当时之诗学，极为发达焉。按周代之诗，大概汇聚于三百篇中，就《国风》而论，周南、召南为正风，大概为追记文王时之诗；十五国为变风，各国民间男女青思闾巷风俗之诗也。至若雅为正乐之歌，乃燕享朝会公卿大夫之作，其篇有大小之殊，故有《大雅》《小雅》之别也。颂为宗庙祭祀歌舞之乐歌，《周颂》为正，《鲁颂》《商颂》为附，此三百篇之大概情形也。

《周颂清庙之什图》（局部）　宋　马和之　绘

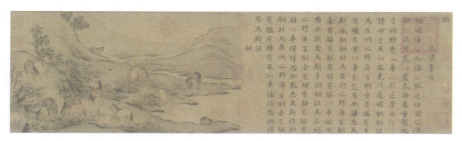

《鲁颂三篇》（局部）　宋　马和之　绘

其他如殷之遗民箕子则有《麦秀歌》。《史记》称箕子朝周，过故殷墟，见宫室坏毁，徧生禾黍，感而伤之，欲哭则不可，欲泣则为其近妇人，乃作《麦秀之诗》，以歌咏之。其诗云："麦秀渐渐兮，禾黍油油，彼狡童兮，不与我好兮。"

当殷周鼎革之际，伯夷叔齐二人，耻食周粟，隐于首阳山，及饿且死，乃作《采薇歌》，其辞曰："登彼西山兮，采其薇矣，以暴易暴兮，不知其非矣。神农虞夏忽焉没兮，我安适归矣？于嗟徂兮！命之衰兮！"

巴蜀之民，质直好义，风俗敦厚，武王伐纣，实得巴蜀之师，盖巴师勇锐，歌舞以陵之，殷人倒戈，故世称武王伐纣，前歌后舞也。（《华阳国志》）其民间有记其风土之诗云："川崖惟平，其稼多黍，旨酒嘉谷，可以养父。

野惟阜丘，彼稷多有，嘉谷旨酒，可以养母。"又有好古乐道之诗曰："日月明明，亦惟其名，谁能长生？不朽难获。惟德实实，富贵何常，我思古人，令闻令望。"又有祭祀之诗曰："惟月孟春，獭祭彼崖，永言孝思，享祀孔嘉。彼黍既洁，彼仪惟泽，蒸民良辰，祖考来格。"

　　穆王之时，欲周游天下，祭公谋父作《祈招之诗》以谏，其诗曰："祈招之愔愔，式昭德音，思我王度。式如玉式如金，形民之力，而无醉饱之心。"

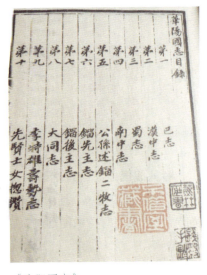

《华阳国志》

　　除上以外，如"铭""歌""辞""箴"之类尚多，皆有韵之文也。按周代之诗，辞句大概以四言为多，间有三言、五言、六言，以至九言者，如"振振鹭，鹭于飞，"三言之诗也，汉之郊庙歌多用之。"谁谓雀无角，何以穿我屋。"五言之诗也，俳谐倡乐及古今诗体多用之。"我姑酌彼金罍，"六言之诗也，乐府多用之。"交交黄鸟止于桑，"七言之诗也，俳谐倡乐亦多用之。"胡瞻尔庭有县貆兮，我不敢效我友自逸，"八言之诗也。"泂酌彼行潦挹彼注兹，"九言之诗也，后世歌谣中偶见之。其用韵则有每句一韵者，有间句一韵者，如《卫风伯兮》之篇第一章"伯兮朅兮，邦之桀兮。伯兮执殳，为王前驱。"乃一句一韵也。第二章"自伯之东，首如飞蓬。岂无膏沐？谁适为容。"乃一二四句为韵，盖后世七言绝句之韵法也。第三章"其雨其雨，杲杲出日。愿言思伯，甘心首疾。"乃二四句为韵，后世五言绝句之韵法也。总之三百篇者，为后世古今诗体之祖，亦即诗学基础确立之时代也。

第二节　春秋战国时之诗学

春秋战国之时，诗学渐失温柔敦厚之旨，盖韵文衰而散文发达矣。孔子曰："吾自卫反鲁，然后乐正，雅颂各得其所。"孟子曰："王者之迹息，而诗亡。"盖当时诗歌能嗣响三百者，绝无而仅有矣，兹将当时之诗学情形，分述于下：

一、春秋时之诗学

春秋之时，诗歌犹合一，故孔子删《诗》。所据者三千余篇，又承其祖正考父之学，叙《商颂》五篇，《周诗》三百六篇，而《小雅·笙诗》六篇，则有声而无辞，故三百五篇，孔子一一弦歌之，以求合于韶武雅颂之音也。

《家语》载孔子始用于鲁，鲁人诵之云："麛裘而鞸，投之无戾；鞸之麛裘，投之无邮。""衮衣章甫，实获我所；章甫衮衣，惠我无私。"

《史记》载孔子相鲁，鲁大治，齐人归女乐，季桓子受之，三日不听政，郊又不致膰于大夫，孔子遂行，歌曰："彼妇之口，可以出走，彼妇之谒，可以死败，盖优哉游哉，维以卒岁。"

《琴操》载季桓子受齐女乐，孔子欲谏不得，退而望鲁龟山作歌，喻季子蔽鲁，歌曰："予欲望鲁兮，龟山蔽之，手无斧柯，奈龟山乎？"

《孔丛子》载孔子《获麟歌》，其辞云："唐虞世兮麟凤游，今非其时来何求？麟兮麟兮我心忧。"

此外如楚狂《接舆歌》："凤兮凤兮，何德之衰也？来世不可待，往世不可追也。天下有道，圣人成焉，天下无道，圣人生焉。方今之时，仅

孟子

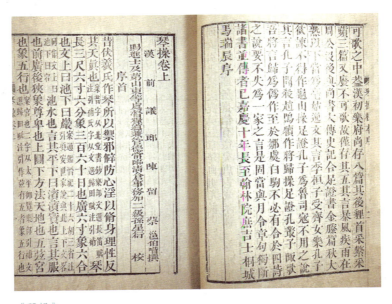

《琴操》

免刑焉。福轻乎羽，莫之知载，祸重乎地，莫之知避。已乎！已乎！临人以德。殆乎！殆乎！画地而趋。迷阳迷阳，无伤吾行，吾行却曲，无伤吾足。”

其辞见于《论语》及《庄子》。孺子《沧浪歌》："沧浪之水清兮，可以
濯我缨。沧浪之水浊兮，可以濯我足。"其辞见于孟子。而齐之宁戚有《饭
牛歌》，景公有《投壶辞莱人歌》，吴有申叔仪之《佩玉歌》，子胥之《渔
父歌》，晋有优施之《暇豫歌》，宋有《城者讴》，郑有《舆人诵》，盖
皆俚歌童谣之类，未足以继三百篇之后也。

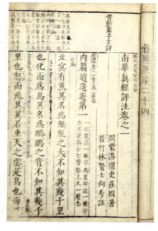

《论语》　　　　　《庄子》

二、战国时之诗学

战国之时，风雅寝声，莫或抽绪，其能奇文郁起，足以继《葩经》之后者，
则莫如屈原之《离骚经》，然实为诗学之旁支；而当时诗歌，实寥寥无几，
所可述者，如齐之《禳田者祝》载于《史记》，其词曰："瓯窭满篝，污
邪满车，五谷蕃熟，穰穰满家。"楚有《三户谣》，其词曰："楚虽三户，
亡秦必楚。"燕有《渡易水歌》，其词曰："风萧萧兮易水寒，壮士一去
兮不复还。"皆见于《史记》。此外如赵有《赵人歌》《鼓琴歌》，魏有《邺
民歌》，秦有《三秦记民谣》。至始皇之时，闻《巴谣歌》而有寻仙之志，
其词曰："神仙得者茅初成，驾龙上升入太清，时下玄洲戏赤城，继世而

往在我盈，帝若学之腊嘉平。"

　　以上所述，为春秋战国时之诗学，至若秦代，则焚烧《诗书》，蔑弃古籍，所谓诗学，实无足述也。

第三节　两汉之诗学

春秋战国以降，诗学日衰，至于汉代，高帝有《大风歌》，其辞曰："大风起兮云飞扬，威加海内兮归故乡，安得猛士兮守四方？"发沛中儿童百二十人，教之歌唱，盖乐府之滥觞也。他如《瓠子歌》《秋风辞》《落叶哀蝉曲》《蒲梢天马歌》，后世俱称妙品。至若楚元王傅韦孟之《谏诗》则为仿《葩经》而作之四言诗，有风雅之遗韵也。按《诗经》三百五篇，虽有三言、五言等，而要以四言为长规，至于汉世，苏李赠答，乃有五言诗之体，武帝柏梁台群臣联句，乃有七言诗之体，今分述之于下：

一、乐府之始

乐府原与诗同，其与诗异者，乐所尚在节奏，易于和协，而诗则不然（按古时诗乐不分）。盖汉代古诗如苏李赠答，韦孟讽谏，无名氏十九首，与乐府体之《郊祀歌》《庐江小吏妻》《羽林郎》《陌上桑》，绝然两体，不复相混矣。然则诗乐之分，至汉而始显然可别，本节特提出论

汉高祖刘邦

之，以其为诗乐初交之际，彼此犹有相互之关系焉。

《渔洋诗话》曰："乐府之名，其来尚矣。世谓始于汉武非也，按《史记》高祖过沛歌《三侯之章》（即《大风歌》）又令唐山夫人为《房中之歌》。《西京杂记》又谓戚夫人善歌《出塞入塞望归曲》，可知乐府实始于汉初，武帝时增《天马》《赤蛟》《白麟》等十九章，以李延年为协律都尉，集五经之士，相与次第其声，通知其意，而乐府始盛，其云始武帝者，托始焉尔。"考汉兴，乐家有鲁人制氏，高祖时，叔孙通因秦之乐人，制宗庙乐，然高帝好楚声，故有《安世房中歌》。《汉书·礼乐志》曰："汉房中祠乐，高祖唐山夫人所作也。"按夫人名韦昭，唐山其姓，高帝姬也。歌凡十六首，今录其第一首于下：

> 大孝备矣，休德昭明。高张四县，乐充宫庭。芬树羽林，云景杳冥。金支秀华，广旂翠旌。其诗古奥而带和平之音，故后人称其为近于雅也。

文景之间，仅礼官习乐，至武帝时，河间献王，聘求幽隐，修兴雅乐，

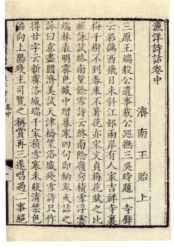

《渔洋诗话》

唐山夫人

《西京杂记》

而武帝莫能用，嗣以躬定郊祀之礼，祠太一于甘泉，祭后土于汾阴泽中方丘，乃立乐府，采诗使夜诵之；其后集赵代秦楚之讴，以李延年为协律都尉，举司马相如等数十人，造为诗赋，略论律吕，以合八音之调，作十九章之歌，以正月上辛，用事于甘泉圜丘，使童男女七十人俱歌之，是谓《郊祀歌》，后匡衡复更定之。兹录《日出入》一首于下：

> 肃若旧典，日出入安穷，时势不与人同。故春非我春，夏非我夏，秋非我秋，冬非我冬；泊如四海之池徧观，是邪谓何，吾知所乐，独乐六龙。六龙之调，使我心若；訾黄其何不徕下。

《诗谱》称其辞为"煆意刻酷，炼词神奇"，盖孝武时之文辞，大都壮丽宏奇，规迹古风，故《郊祀歌》称为诗中之颂也。自是以后，乐府之体，与五言之诗盛行，东京继轨，大演五言，如《饮马长城窟》《君子行》《伤歌行》《长歌行》《怨歌行》《为焦仲卿妻作》诸古诗，皆为不朽之作，而《为焦仲卿妻作》（即《庐江小吏》）一诗，尤为吾国可珍之第一长篇，全文共千七百四十五字，或谓建安中作品，然无自徵信，要与《羽林郎》《陌上桑》等篇，可同称为诗中之国风也。

《玉台新咏》

二、五言之始

古诗三百篇，非绝无五言者，然亦甚少也。至汉景帝时，枚乘作五言，如古诗十九首中："青青河畔草""西北有高楼""涉江采芙蓉""庭中有奇树""迢迢牵牛星""东城高且长""明月何皎皎"诸篇，《玉台新咏》皆以为枚乘之作，然自来言五言诗之始，皆推苏李。任昉曰："五言始自汉骑都尉李陵与苏武诗，其来固已久矣。"兹录二人之诗各一首于下，以见古诗之一斑。

李陵与苏武《诗》

携手上河梁，游子暮何之？
徘徊蹊路侧，恨恨不能辞。
行人难久留，各言长相思。
安知非日月，弦望自有时。
努力崇明德，皓首以为期。

苏武《别诗》

骨肉缘枝叶，结交亦有因。
四海皆兄弟，谁为行路人？
况我连枝树，与子同一身。
昔为鸳与鸯，今为参与辰。
昔者长相近，邈若胡与秦。
惟念当乖离，恩情日以新。
鹿鸣思野草，可以喻嘉宾。
我有一尊酒，欲以赠远人。
愿子留斟酌，叙此平生亲。

《苏武牧羊图》　清　任伯年　绘

其诗情极痛切，而辞又甚真挚也。此外可称汉代之产物，则为无名氏之古诗十九首，盖非一人一时之作也，除《玉台新咏》以八首为枚乘所作外，《文心雕龙》又以"冉冉孤生竹"一首为傅毅之辞，《渔洋诗话》则定以为西京之作，可决然无疑。然《汉书·艺文志》不录苏李诗，《隋志》始有汉骑都尉《李陵集》二卷，而十九首果在苏李以前，亦无从考；盖《汉志》所录，诗歌凡二十八家，一百十四篇，其传于后世者则甚少。今所可考者，如唐山夫人之《安世房中歌》，司马相如等及匡衡所更定之《郊祀歌》，班婕妤之《怨歌行》，蔡邕之《饮马长城窟》，辛延年之《羽林郎》，宋子侯之《董娇娆》，蔡琰之《胡笳十八拍》，以及无名氏之《为焦仲卿妻作》《陌上桑》《鼓吹铙歌曲》《相和曲》《瑟调曲》《平调曲》《清调曲》《杂曲》等，故苏氏东坡，疑苏李赠答之诗为伪，然后人考证，皆决为汉代之产物也。

东京以后，五言之诗，如班固傅毅以及徐淑秦嘉之赠答，蔡琰之《幽愤诗》，皆为一时佳作，然气格渐下，与西汉浑厚之风，盖渐远矣。

三、七言之始

汉武之时，东方朔已有七言之作，但今不传，后世推为七言之祖者，则为武帝之《柏梁诗》。武帝之元封三年，柏梁台成，令群臣能诗者侍，武帝赋首句曰："日月星辰和四时，"梁王襄继之曰："骖驾驷马从梁来。"自襄而下，作者凡二十四人，至东方朔止，称为柏梁体，即后世七言之始，而联句之体，亦始于此。兹录其诗于下：

东方朔

卫青

日月星辰和四时（武帝），骖驾驷马从梁来（梁王襄），郡国士马羽林材（大司马），总领天下诚难治（丞相石庆），和抚四夷不易哉（大将军卫青），刀笔之吏臣执之（御史大夫倪宽），撞钟伐鼓声中诗（太常周建德），宗室广大日益滋（宗正刘安国），周卫交戟禁不时（卫尉路博德），总领从官柏梁台（光禄勋徐自为），平理请谳决嫌疑（廷尉杜周），修饰舆马待驾来（太仆公孙贺），郡国吏功差次之（大鸿胪壶充国），乘舆御物主治之（少府王温舒），陈枲万石扬以箕（大司农张成），徼道宫下随讨治（执金吾中尉豹），三辅盗贼天下危（左冯翊盛宣），盗阻南山为民灾（右扶风李成信），外家公主不可治（京兆尹），椒房率更领其材（詹事陈掌），蛮夷朝贺常舍其（典属国），柱枅欂栌相枝持（大匠），枇杷橘栗桃李梅（大官令），走狗逐兔张罘罳（上林令），啮妃女唇甘如饴（郭舍人），迫窘诘屈几穷哉（东方朔）。

东汉以来，七言之体，益复发达，故欧阳公言：“古七言诗自汉末，盖出于史篇之体。”且当时无论五言七言，每多长篇，且有杂体如张衡（平子）《四愁诗》，盖七言体中之创作也。兹录其一首于下：

　　我所思兮在太山，欲往从之梁父艰，侧身东望涕沾翰，美人赠我金错刀，何以报之英琼瑶，路远莫致倚逍遥，何为怀忧心烦劳？

【按】五言、七言虽始于汉，然考其源委，由来实远，如《召南》《行露之什》，孺子《沧浪之歌》，以及优施之《暇豫歌》，屈原之《离骚》，皆为五言之滥觞，至若《宁封》《皇娥》《白帝子》《击壤歌》，以及勾践时之《河梁歌》，皆为七言之滥觞。然后之论者，则皆断自汉代，盖炎汉以前，不过萌芽略具，体格犹未备也。即六言之体，亦断自汉武时董仲舒之《琴歌》，此汉代诗学之大概情形也。

董仲舒

第四节　魏晋时之诗学

汉室倾覆为三国，魏蜀吴相对峙，然吴与蜀，实无诗学之可言，而魏则曹氏父子，俱有文采，群彦蔚集，一时称盛。及司马氏僭而为西晋，则有阮籍以继承建安之风，渡江以后，风骨益微，渐成六朝排偶之弊，兹分述之于下：

一、曹魏之诗学

魏武帝曹操，字孟德，以一世之雄，于兵马倥偬之际，横槊赋诗，音多铿锵，即感兴之作，辞亦雄劲，英雄气概，自溢于行间，其《短歌行》，乃赤壁之役，月下横槊之诗，最为世所传诵。兹录于下：

阮籍

曹操

《短歌行》

对酒当歌，人生几何，譬如朝露，去日苦多。慨当以慷，忧思难忘，何以解忧？惟有杜康。青青子衿，悠悠我心，但为君故，沉吟至今。呦呦鹿鸣，食野之苹，我有嘉宾，鼓瑟吹笙。明明如月，何时可掇，忧从中来，不可断绝。越陌度阡，枉月相存，契阔谈讌，心念旧恩。月明星稀，乌鹊南飞，绕树三匝，何枝可依？山不厌高，海不厌深，周公吐哺，天下归心。

此四言诗也，沉雄俊爽，时露霸气，盖孟德之诗，犹是汉音，于三百篇外，别开生面，自子桓以下，则纯乎魏响矣。子桓曹丕字也，初继父为丞相，后迫帝受禅，国号曰魏，是为文帝。所作诗赋，以温裕美瞻闻。而其诗则尤有文士气，娟秀婉约，能移人情，一变乃父悲壮之习，其四言诗有《善哉行》《短歌行》，五言如《杂诗》《芙蓉池作》《至广陵于马上作》，七言如《燕歌行》诸篇，皆极有名，兹录两首于下，以见其诗之一斑。

《杂诗》二首录一

西北有浮云，亭亭如车盖。
惜哉时不遇，适与飘风会。
吹我东南行，行行至吴会。
吴会非我乡，安能久留滞。
弃置勿复陈，客子常畏人。

《燕歌行》

秋风萧瑟天气凉，草木摇落露为霜。群燕辞归雁南翔，念君客游思断肠。慊慊思归恋故乡，君何淹留寄他方？贱妾茕茕守空房。忧来思君不敢忘，不觉泪下沾衣裳。援琴鸣弦发清商，短歌微吟不能长。明月皎皎照我床，星汉西流夜未央。牵牛织女遥相望，尔独何辜限河梁。

【按】《杂诗》极为自然，言外有无穷之感慨，而《燕歌行》一首，则句句用韵，掩抑徘徊，短歌微吟，有和柔巽顺之意，读之能令人油然相感，节奏之妙，殆不可思议矣。

文帝之弟为陈思王（植封陈王，卒谥思）植，字子建，尝七步吟诗，为一代之文宗。梁钟嵘《诗品》评陈思云："其源出于《国风》，骨气奇高，词彩华茂，情兼雅怨，体被文质，粲溢今古，卓尔不群。嗟乎！陈思之于文章也，譬人伦之有周孔，鳞羽之有龙凤，音乐之有琴笙，女工之有黼黻。"其言虽不免推许过当，然植不仅为三曹之第一，且不仅拔出建安诸子之上，更上接汉代，而下则六朝文学中之杰出也。兹录《七哀诗》一首于下：

《七哀诗》 刘向曰："七哀谓痛而哀，义而哀，感而哀，怨而哀，耳目闻见而哀，口叹而哀，鼻酸而哀，谓之七哀。"

《诗品》

明月照高楼，流光正徘徊。
上有愁思妇，悲叹有余哀。
借问叹者谁？言是客子妻。
君行逾十年，孤妾常独栖。
君若清路尘，妾若浊水泥。
浮沉各异势，会合何时谐？
愿为西南风，长逝入君怀。
君怀良不开，贱妾当何依？

《诗品》列陈思于上品，列子桓于中品，而孟德独在下品，又有人评孟德如骁将，子桓如美媛，子建如贵宾，从可知曹氏父子三人，子建当推独步。盖子建之诗，"五色相宣，八音朗畅，使才而不矜才，用博而不逞博，苏李以下，

当推大家。"（沈德潜语）

建安之末，曹氏父子俱好文学，因是邺下文士云集，当时有邺下七子之目。所谓七子者，孔融、王粲、徐幹、陈琳、阮瑀、应玚、刘桢是也。孔融，字文举，鲁国人。徐幹，字伟长，北海人。陈琳，字孔璋，广陵人。应玚，字德琏，汝南人。刘桢，字公干，东平人。阮瑀，字元瑜，陈留人。王粲，字仲宣，山阳人。七子会聚邺都，樽酒之间，赋诗言志，一时称盛。谢灵运曰："王粲为秦川贵公之子孙，遭乱流寓，自多伤情。陈琳为袁本初之书记，故述丧乱之事多。徐幹少无宦情，有箕隐之心事，

刘桢

故仕世多素辞。刘桢卓荦之偏人，而文最有气，所得颇有惊奇。应玚为汝颖之士，世故流离，颇有飘薄之叹。阮瑀管书记之任，故有优渥之言。孔融则早被祸难，懿名高列诸子，然视其临终之诗，大类铭箴之语而已。此外如丁翼吴质，其诗亦有足述者。此曹魏时诗学之大概情形也。

二、西晋时之诗学

建安之风格，至晋而犹能传其绪者，则为阮籍。籍字嗣宗，元瑜之子，竹林七贤之一也。七贤者，山涛、阮籍、嵇康、向秀、刘伶、阮咸、王戎是也。而阮籍、嵇康二人之诗，则实足为正始（魏主芳年号）文学之中心。按阮籍之诗，超然深远，于雄劲之中，有渊深之趣；盖籍承建安之风格，含易老之玄味，故《诗品》云："其源出于《小雅》，无雕虫之功，而咏怀之作，可以陶性灵发幽思也。"兹录《咏怀诗》一首于下：

《咏怀》二十首录一

> 夜中不能寐，起坐弹鸣琴。
>
> 薄帷鉴朋月，清风吹我襟。
>
> 孤鸿号外野，翔鸟鸣北林。
>
> 徘徊将何见？忧思独伤心。

与阮籍并称者，则有嵇康，康字叔夜，谯郡人，拜中散大夫，不就。好弹琴咏诗，其诗乏蕴藉之致，虽稍逊于阮，而志亦清峻，能自表清谈者流之意。钟嵘《诗品》以嗣宗为上品，叔夜为中品；且评叔夜之诗曰："颇似魏文，过为峻切，讦直露才，伤渊雅之致。然托喻清远，良有鉴裁，亦末俗高流也。"兹录《杂诗》一首于下，以见其诗之一斑。

《杂诗》

微风清扇，云气四除，皎皎亮月，丽于高隅。兴命公子，携手同车，龙骥翼翼，扬镳踟蹰。肃肃宵征，造我友庐，光灯吐辉，华幔长舒。鸾觞酌醴，神鼎烹鱼，弦超子野，叹过绵驹。流咏太素，俯赞玄虚，孰客英贤？与尔剖符。

嵇康

嵇康《嵇康集》

　　《文心雕龙·明诗篇》曰："晋世群才，稍入轻绮，张潘左陆，比肩诗衢。"张潘左陆者，三张二陆二潘一左，皆太康（晋武帝）中之诗人也。其篇什之美，冠冕当时，即其辞赋，亦足多也，兹就其诗而论之。二陆者，陆机、陆云是也。机字士衡，吴郡人，钟嵘评其诗谓"其源出于陈思，才高辞赡，举体华美，气少于公幹，文劣于仲宣，尚规矩不贵绮错，有伤直致之奇；然其咀嚼英华，厌饫膏泽，文章之渊泉也。"而沈归愚则曰："士衡诗亦推大家，然意欲逞博而胸少慧珠，笔又不足以举之，遂开出排偶一家，西京以来，空灵矫健之气，不复存矣。"盖诗至太康之时，风气又一转变，专以对仗排偶为工，词旨敷浅，但尚涂泽；然士衡之诗如《短歌行》《陇西行》《招隐诗》等，未必尽尚堆垛也。其弟云，字士龙，诗与士衡相伯仲。

陆机

陆云

　　三张之中，张载（字孟阳）、张华（字茂先）不及张协（字景阳），《诗品》以孟阳诗远惭厥弟（景阳），列景阳为上品。且谓"其源出于王粲，文体华净少病累，又巧构形似之言，雄于潘岳，靡于太冲，风流调达，实旷代之高手，词彩葱蒨，音韵铿锵，使人味之，亹亹不倦。"有《七哀杂诗》，其规范实出自枚乘之《七发》，曹植之《七哀》，不朽之作也。

　　二潘者，潘岳及从子尼（字正叔）是也。岳字安仁，荥阳人。《诗品》称岳之诗"源出于仲宣"。然潘之诗，如剪彩为花，绝少生韵，诗品又在

张载　　　　　　　　张华　　　　　　　　张协

士衡之下，其《悼亡诗》二首，格虽不高，而其情则甚深也。正叔与士衡尝有赠答，文辞亦温雅可诵也。

左思字太冲，临淄人，其词出于公幹，《诗品》称其"文典以怨，颇为精切，得讽谕之致。"又谓"野于陆机，而深于潘岳"，则似非笃论。其《杂诗》《招隐》《咏史》诸作，均极有名。

西晋诗人，除上述外，尚有傅玄、傅咸、孙楚、曹摅、郭泰机等，总之此时代之诗，建安之风既微，六朝排偶之弊渐起，昔人谓晋诗如丛彩为花，绝少生韵，士衡病靡，安仁病浮，二张病塞。语曰："情生于文，文生于情"，此言可以药晋人之病。

三、东晋之诗学

晋自渡江以后，贵黄老之学，故永嘉（怀帝）以后之篇什，理过其辞；如刘琨多感恨之词，盖越石（琨字）英雄失路，万绪悲凉，故其诗随笔倾吐，哀音无次。至郭璞始变永嘉平淡之体，称为中兴第一。其《游仙诗》，则辞多慷慨，坎壈咏怀，盖佳作也。此外如王羲之、王献之，俱以风流称。至于晋末，能以恬淡之格调，歌清高之气韵，则惟陶潜，潜字渊明，名元亮，浔阳柴桑人。其诗清远开放，渊深朴茂，动合自然，亦真亦厚，诚卓绝千古之作也。沈归愚谓渊明以名臣之后（晋大司马侃之曾孙）际易代之时，欲言难言，时时寄托，不独《咏荆轲》一章也，六朝第一流人物，其诗有不独步于千古者耶？兹录其诗于下：

《陶渊明诗意图》　清　石涛　绘

《咏荆轲》

燕丹善养士，志在报强嬴。
招集百夫良，岁暮得荆卿。
君子死知己，提剑出燕京。
素骥鸣广陌，慷慨送我行。
雄发指危冠，猛气冲长缨。
饮饯易水上，四座列群英。
渐离击悲筑，宋意唱高声。
萧萧哀风逝，淡淡寒波生。
商音更流涕，羽奏壮士惊。
心知去不归，且有后世名。
登车何时顾，飞盖入秦庭。
凌厉越万里，逶迤过千城。
图穷事自至，豪主正怔营。
惜哉剑术疏，奇功遂不成。
其人虽已没，千载有余情。

东晋诗人，除上述外，尚有谢混、吴隐之、惠远、帛道猷、谢道韫诸人，其篇什亦都可诵，此东晋时诗学之大概情形也。

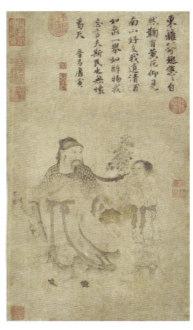

《陶渊明采菊图》　明　唐寅　绘

第五节　南北朝时之诗学

王世懋曰："古诗自两汉以来，至曹子建出，而始见宏肆，多生情态，此为一变。自此作者，多入史语，然犹未入以经语。谢灵运出而《易》辞，《庄》语，无不为用，剪裁之妙，千古为宗，此又一变。中间何庾加工，沈宋增丽，变态已极，然七言犹以闲雅为致。"兹将当时诗学之情形，分述于下：

王世懋

一、南朝之诗学

宋代之诗，实开琢句雕辞之风，而创之者则为谢灵运。灵运陈郡阳夏人，袭康乐公，故世称谢康乐，其诗与渊明并称曰陶谢，然实不如渊明远甚。盖康乐之诗，刻意精工，辞旨繁富，而渊明之诗则质直自然，气韵极高，此其不如陶也。若以比之建安，则彼全在气象，而此则彻首彻尾，皆成对句，所以谢之诗，又不及建安诸子也。按灵运之诗，以游山诗最工，然亦以游山而罹罪网。族弟惠连，亦有文名，时称大小谢。兹录其《石壁精舍还湖中作》一首于下，以见其诗之一斑。

《石壁精舍还湖中作》

昏旦变气候，山水含清晖。

清晖能娱人，游子憺忘归。

出谷日尚早，入舟阳已微。

林壑敛暝色，云霞收夕霏。

芰荷迭映蔚，蒲稗相因依。

披拂趋南迳，愉悦偃东扉。

虑澹物自轻，意惬理无违。

寄言摄生客，试用此道推。

所作，晁公武及明丘濬等从之，要此皆后人臆说，无其明证，仍当为孔氏之遗书耳。故《孝经注疏序》云："曾子在七十弟子中，孝行最著，孔子乃假立曾子为请益问答之人，以广明孝道，瓯说之后，乃属于曾子。"秦火以后，有古今文之分，注疏亦各不同，唐玄宗用今文自作注解，颁行天下，即今所传之《孝经》也。

夫《孝经》者，百行之宗，五教之要，故《汉书·艺文志》曰："夫孝，天之经，地之义，民之行也。"《孝经注疏序》曰："孔子定《礼乐》，

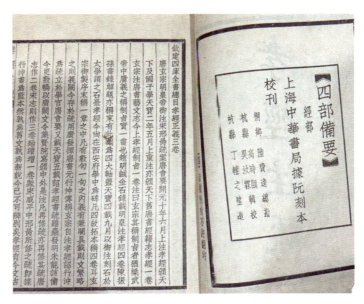

《孝经注疏》

删《诗书》，赞《易》道，以明道德仁义之源，修《春秋》以正君臣父子之法；又虑虽知其法，未知其行，遂说《孝经》一十八章，以明君，臣，父，子之行所寄，知其法者，守其行，知其行者，守其法。"盖吾国向重孝道，尧舜之道，孝弟而已；故后世君民，咸以孝行为重，而《孝经》则言孝之专书也。

置酒惨无言，隐悯徒御悲。威迟良马烦，游役去芳时，归来屡徂愆，蓬心既已矣，飞薄殊亦然。

颜不如谢，而位于颜谢之间，则有鲍照，照字明远，其所著《古乐府》甚遒丽，杜甫以其诗与庾信并称，《诗品》称其诗"源出二张，善制形状写物之词，得景阳之诙诡，含茂先之靡嫚，骨节强于谢混，驱迈疾于颜延，总四家而擅美，跨两代而孤出，嗟其才秀人微，故致湮当代；然贵尚巧似，不避危仄，颇伤清雅之调，故言险俗者，多以附照。"此外若谢惠连、袁淑、谢庄、沈庆之、汤惠休、陆凯、王微、王僧达、吴迈远、何承天、鲍令晖，皆宋代之诗人也。

齐代永明之体，较诸宋之元嘉，尤为纤丽，其中诗人，最可传者，则为谢朓。朓字玄晖，陈郡阳夏人，尝为宣城太守，故亦称谢宣城。其诗李白独心折之，故后人评朓之诗，有全篇似唐人之语。《诗品》称其诗"源出于谢混，微伤细密，颇在不伦，一章之中，自有玉石，然奇章秀句，往往警遒，足使叔源失步，明远变色，善自发端，而末篇多踬，此意锐而才弱也。"总之玄晖之诗，能清而不能厚，则其短也。兹录其《京路夜发》一首于下：

《京路夜发》

扰扰整夜装，肃肃戒徂两。
晓星正寥落，晨光复泱莽。
犹沾余露团，稍见朝霞上。
故乡邈已夐，山川修且广。

文奏方盈前，怀人去心赏。
敕躬每跼蹐，瞻恩惟震荡。
行矣倦路长，无由税归鞅。

齐之诗人，除谢朓外，如王融（字元长），如沈约（字休文），如陆厥（字韩卿），如张融（字思光），如孔稚圭（字德璋）皆名盛一时，而沈休文复创“四声”“八病”之说，“四声”者，平，上，去，入是也（著有《四声谱》一书，详说见音韵常识），“八病”者，“平头”“上尾”“蜂腰”“鹤膝”“大韵”“小韵”“旁纽”“正纽”是也。然其说仅足以范近体，而古诗则不就其拘束也。休文既创此说，是以其诗极为拘滞，惟声律格调之是尚，一意镂刻，全乏温柔敦厚之旨矣。此南齐诗学之大概情形也。

梁武帝萧衍，与竟陵八友（齐武帝第二子肃封竟陵王，与王融、谢朓、任昉、沈约、陆倕、范云、萧琛，号为竟陵八友）同事于齐，而衍独际遇时会，自致大位，诸贤亦并在辅佐，故萧梁一代，诗学最为发达，然而风格日卑，君臣赠答，惟工艳情，顾骨力虽薄，而皆谐和声病，实开唐律之先路。

梁武帝萧衍

当时诗最精巧者，则推何逊，逊字仲言。东海郯人。八岁能赋诗，弱冠举秀才。沈约谓之曰：“读卿诗一日三复，犹不能已。”盖仲言之诗，虽乏风骨，而情词宛转，浅语俱深，宜为沈范（范云）所心折也，兹录其诗一首于下：

《赠诸游旧》

弱操不能植，薄伎竞无依。

浅智终已矣，令名安可希？

扰扰从役倦，屑屑身事微。

少壮轻年月，迟暮惜光辉。

一涂今未是，万绪昨如非。

新知虽已乐，旧爱尽睽违。

望乡空引领，极目泪沾衣。

旅客长憔悴，春物自芳菲。

岸花临水发，江燕绕樯飞。

无由下征帆，独与暮潮归。

江淹字文通，济阳考城人，尝梦笔生花。诗文华茂闲美，颇能修饰，齐梁之英也。然风骨不高，晚节才思又复减退，世有江郎才尽之语。兹录其诗一首于下：

《望荆山》

奉诏至江汉，始知楚塞长。

南关绕桐柏，西岳出鲁阳。

寒郊无留影，秋日悬清光。

悲风绕重林，云霞肃川涨。

岁晏君如何？零泪沾衣裳。

玉柱空掩露，金尊坐含霜。

一闻苦寒奏，再使艳歌伤。

武帝父子，俱善诗辞，昭明太子（名统）尝成《文选》三十卷。三子简文帝（名纲）其诗尤为轻艳，当时号为宫体，兹录其一首于下，以见其诗之一斑。

《折杨柳》

> 杨柳乱成丝，攀折上春时。
> 叶密鸟飞碍，风轻花落迟。
> 城高短箫发，林空画角悲，
> 曲中无别意，并是为相思。

昭明太子萧统

萧统《昭明文选》

除上述外，如吴均、张率、范云、邱迟、庾肩吾、王籍、刘峻、王筠、刘孝绰辈，皆佼佼一时，而钟嵘复有《诗品》之作。嵘字仲伟，颍川长社人。其品评古人五言诗，分为上中下三品，尤为精确；与刘勰之《文心雕龙》，同为后世诗文评书之宗。

刘勰

自梁入陈，轻靡之风益甚，其风格盖视梁又降焉。后主（陈叔宝）荒淫，日使诸贵人及女学士与狎客共赋新诗，互相赠答，作《玉树后庭花》《临春乐》等曲，究其大旨，则无非美妇女之艳色而已。当时诗人如徐陵、阴铿、周弘让、周弘正、江总、张正儿、何胥、姚察诸人，皆一时之选也。而徐陵则有《玉台新咏》之编，所集皆汉魏六朝之诗。按徐陵字孝穆，东海郯人，为陈一代文宗。其诗缉裁巧密，颇多新意，兹录一首于下：

《出自蓟北门行》

> 蓟北聊长望，黄昏心独愁。
> 燕山对古刹，代郡隐城楼。
> 屡战桥恒断，长冰堑不流。
> 天云如地阵，汉月带胡秋。
> 渍土泥函谷，接绳缚凉州。
> 平生燕颔相，会自得封侯。

江总字总持，济阳考城人，善五七言诗，惟伤于浮艳，我人读之，当略其体裁，识其名句足矣。兹录其七言古诗一首于下：

《闺怨篇》

> 寂寂青楼大道边，纷纷白雪绮窗前。
> 池上鸳鸯不独自，帐中苏合还空然。
> 屏风有意障明月，灯火无情照独眠。
> 辽西水冻春应少，蓟北鸿来路几千。
> 愿君关山及早度，照妾桃李片时妍。

二、北朝之诗学

北朝诗学，虽稍有劲干之风尚，然文学之士，实寥寥也。北魏北齐，

殆无足述，其能稍见风骨者，惟北周庾信而已。信字子山，南阳新野人，
父肩吾，梁之散骑常侍中书令也，信尝使魏，遂居北方，后仕于周，其诗
与徐陵齐名，时称南徐北庾。《丹铅总录》曰："庾信之诗，为梁之冠绝，
启唐之先鞭。"盖其诗琢句中复饶清气，惜少风骨耳。兹录《拟咏怀》一
首于下：

庾信　　　　　　　　　　　　褚遂良临摹庾信《枯树赋》手迹（局部）

《拟咏怀》八首录一

畴昔国士遇，竺平知己恩。

直言珠可吐，宁知炭可吞。

一顾重尺璧，千金轻一言。

悲伤刘孺子，凄怆史皇孙。

无因同武骑，归守霸陵园。

【按】北朝诗人，虽无足述，然北魏如温子升（字鹏举）、魏收（字伯起）、
邢邵（字子才，与收称大邢小魏）；北齐如颜子推（字介）；北周如王褒（字

子渊），亦皆差强人意，执当时文坛之牛耳者也。《北史文苑传序》曰："自汉魏以来，迄乎晋宋，其体屡变，前哲论之详矣。暨永明（齐武帝）天监（梁武帝）之际，太和（东晋帝奕）天保（北齐文宣帝）之间，洛阳江左，文雅尤盛，彼此好尚，雅有异同，江左宫商发越，贵于清绮，河朔词义贞刚，重乎气质。气质则理胜其词，清绮则文过其意；理深者便于时用，文华者宜于咏歌，此其南北词人得失之大较也。若能掇彼清音，简兹累句，各去所短，合于两长，则文质彬彬，尽善尽美矣。"此数语于南北朝诗学，可谓得概括之批评矣。

第六节　隋唐时之诗学

诗自汉魏以降，雕镂弊生，织工侈靡，相效成风；然至于隋而风气转捩，渐有复古之意；汉魏遗音，微露端倪，至于唐而诗道大振，体例无一不有，格调无一不备，上至帝王将相，下至村夫野老，殆无一不能诗也，尝考当时之作家，则有二千三百余人，总其篇数，则有四万八千九百余（据《全唐诗》所载），而其间湮没

《全唐诗》

不传者，尚不知其若干也，诗学之盛，殆无出其右矣，兹分述之于下：

一、隋代之诗学

诗至于隋，风气渐变，炀帝穷极奢靡，流连声伎，其《清夜游》等曲，直与后主之《后庭花》难分伯仲，淫艳刻饰，依然六朝之面目，然如《饮马长城窟》《白马篇》等，气概豪健，颇有雅正之音，然骨力犹未能振起，盖风格初成，菁华未备之故也。兹录其《饮马长城窟》一首于下：

隋炀帝杨广

杨广《隋炀帝集》

《饮马长城窟行》示从征群臣

肃肃秋风起，悠悠行万里。

万里何所行？横溪筑长城。

岂台小子智，先圣之所营。

树兹万世策，安此亿兆生。

讵敢惮焦思？高枕于上京。

北河秉武节，千里卷戎旌。

山川互出没，原野穷超忽。

撞金止行阵，鸣鼓兴士卒。

千乘万骑动，饮马长城窟。

秋昏塞外云，雾暗关山月。

缘岩驿马上，乘空烽火发。

借问长城侯，单于入朝谒。

浊气静天山，晨光照高阙。

释兵仍振旅，要荒事方举。

饮至告言旋，功归清庙前。

律体之诗，始于沈约声病之说，而成于陈隋之际。按隋代诗人，如薛道衡、杨素、虞世基、王胄等，虽犹上承徐庾之风，而风气已转，律诗之体，大为进步。唐之沈宋体，实于此时已开其端倪矣。

杨素字处道，汾阳人，武人亦复奸雄，而诗格清远，转似出世高人，真不可解。兹录其《山斋独坐》一首于下：

《山斋独坐》赠薛内史 二首录一

岩壑澄清景，景清岩壑深。

白云飞暮色，绿水激清音。

涧户散余彩，山窗凝宿阴。

花草共萦映，树石相陵临。

独坐对陈榻，无客有鸣琴。

寂寂幽山里，谁知无闷心。

薛道衡字玄卿，河东汾阴人。诗极清美，所作篇什，南人多吟诵之。《昔昔盐》（昔昔犹夜夜也；盐，引之转而讹也）、《敬酬杨仆射山斋独坐》《人日思归》等篇，尤为传诵人口，兹录其一首于下：

《人日思归》

入春才七日，离家已二年。

人归落雁后，思发在花前。

虞世基字茂世，会稽余姚人。徐陵称为今之潘陆。其诗凄切清润，世以为工。微时，佣书养亲，尝为五言诗以见意。炀帝即位，为通直郎直内史，时祕书监河东柳顾言博学有才，罕所推谢，见世基，乃叹曰："海内当共推此一人，非吾侪所及也。"兹录其诗一首于下：

《入关》

陇云低不散，黄河咽复流。

关山多道里，相接几重愁。

王胄字承基，琅琊临沂人，以文词为炀帝所重，帝尝曰："气高致远，归之于胄；词清体润，其在世基；意密理新，推庾自直；过此者未可以言诗也。"兹录其《别周记室》一首于下：

《别周记室》

五里徘徊鹤，三声断绝猿。

何言俱失路，相对泣离樽。

别路凄无已，当歌寂不喧。

贫交欲有赠，掩涕竟无言。

二、唐代之诗学

诗至于唐，菁华极盛，体制大备。而考其诗学进步之迹象，又可分为四时期：自唐高祖武德元年，以至玄宗开元初，凡一百年，谓之初唐。自玄宗开元元年，以至代宗大历初，凡五十余年，谓之盛唐。自代宗大历元年以至文宗太和九年，凡七十余年，谓之中唐。自文宗开成元年以至昭宗天祐三年，凡八十余年，谓之晚唐，兹分述之于下：

（一）初唐之诗学

唐继隋兴，文学极为发达，而以诗学为尤盛。然初唐之时，踵陈隋之后，所谓犹有梁陈宫掖之风也。如唐初四杰王勃、杨炯、卢照邻、骆宾王，犹不免，其体之艳冶。有六朝之风韵，至陈子昂出，始一扫其风。王阮亭曰："夺魏晋之风骨，变梁陈之俳优者，陈伯玉之力最大。"及沈佺期、宋之问出，而近体起，所谓沈宋增丽，变态未极，致七言犹以闲雅出也。按初唐诗人，如王绩、李百药、陈叔达、袁朗、孔绍安，皆为陈隋遗彦，诗名亦盛极一时；而魏徵、虞世南、许敬宗、褚亮、长孙无忌之徒，亦皆能诗，然不与四杰并称也。当时又有上官仪者，字游韶，陕州陕人，仕高宗朝，尝谓："诗有八对：一曰'的名对'，送酒东南去，迎琴西北来是也；二曰'异类对'，风织池间树，虫穿草上文是也；三曰'双声对'，秋露香佳菊，春风馥丽兰是也；四曰'叠韵对'，放荡千般意，迁延一介心是也；五曰'联绵对'，残河若带，初月如眉是也；六曰'双拟对'，议月眉欺月，论花颊胜花是也；七曰'回文对'，情新因意得，得意因新情是也；八曰'隔句对'，相思复相忆，夜夜泪沾衣，空叹复空泣，朝朝君未归是也。"（见

虞世南

长孙无忌

《诗苑类格》）自太宗好宫体以后，游韶更立六对之法，至沈宋而又加精切，于是律体诗之法度，益行严明矣。其所作诗文，谓之上官体。

初唐诗人，其能特起于四杰沈宋之间，近扫齐梁之俳优，上追建安之风格，则惟陈子昂。昌黎诗云："国朝盛文章，子昂始高蹈。"其身价可

知。子昂字伯玉，梓州射洪人。初为《感遇诗》三十八章，尽脱六朝之弊，力追古意，后代因之，古体之名以立。今录其五古二首于下：

《感遇诗》

深居观元化，恦然争朵颐。
群动相啖食，利害纷嶷嶷。
便便夸毗子，荣耀更相持。
务光让天下，商贾竞刀锥。
已矣行采芝，万世同一时。

幽居观天运，悠悠念群生。
终古代兴没，豪圣莫能争。
三季沦周赧，七雄灭秦嬴。
复闻赤精子，提剑入咸京。
炎光既无象，晋虏复纵横。
尧禹道已昧，昏虐势方行。
岂无当世雄，天道与胡兵。
呐呐安可言，时醉而未醒。
仲尼溺东夏，伯阳遁西溟。
大运自古来，旅人胡叹哉？

继子昂而起者有张九龄。九龄字子寿，韶州曲江人。王士祯谓"唐五古诗凡数变，自陈拾遗（子昂尝官右拾遗）夺魏晋之风骨，变梁陈之俳优，而张曲江为之继。"盖唐初五言古虽渐趋于律，而风格犹未遒劲，至陈正字（子昂尝为灵台正字）起，而诗品始正；张曲江继之，而诗品乃醇矣。

唐代律诗之体，至沈宋而完成。《艺苑卮言》曰："五言至沈宋，始可称律，律为音律法律，天下无严于是者。知虚实平仄不得任情，而法度明矣。二君正是敌手，排律用韵稳妥，事不旁引，情无牵合，当为最胜。"
按沈佺期字云卿，内黄人，中宗朝，舞回波为弄辞以悦帝，七言诗尤为善
长。宋之问字延清，汾州人。武后朝与杨炯分直习艺馆，与佺期同附二张
（张易之、张昌宗）以进，有才无行，为世人所唾弃，然其诗言之而中伦，
歌之而成声，开近体律诗之新声，然徒拘拘于字句声律之间，则其短也。
兹录宋之五古、沈之七律，各一首于下：

宋之问《题张老松树》

> 岁晚东岩下，周顾何凄恻？
> 日落西山阴，众草起寒色。
> 中有乔松树，使我长叹息。
> 百尺无寸枝，一生自孤直。

沈佺期《古意》

> 卢家少妇郁金堂，海燕双栖玳瑁梁。
> 九月寒砧催木叶，十年征戍忆辽阳。
> 白狼河北音书断，丹凤城南秋夜长。
> 谁为含愁独不见？更教明月照流黄。

　　此外诗人如李峤、杜审言、苏味道、崔融辈，当时号为文章四友；而
刘希夷则好为宫体，富嘉谟与吴少微则称富吴体，贺知章、张若虚辈，则
为初唐之殿，而张若虚尤能以丰富之思想、瑰丽之笔墨，进排初唐轻靡之调，
放最后之光彩，其所作《春江花月夜》一首，句丽而思巧，亦初唐诗中可
珍贵之作品也。其余诗人尚多，不能一一尽述。

（二）盛唐之诗学

　　唐开元天宝之际，文运最盛，盖至此时，已造其极，而李白、杜甫，
并复出于其间，左右一代之文运，使唐代诗学，呈一空前绝后之观，洵盛

贺知章

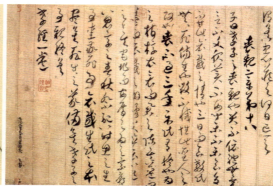

贺知章《孝经》手迹

《太白醉酒图》 清 苏六朋 绘

唐诗人之代表也。《渔洋诗话》曰："盛唐诸公五言之妙，多本阮籍、郭璞、陶潜、谢灵运、谢朓、江淹、何逊；边塞之作，则出鲍照、吴均也。唐人于六朝率揽其菁华，汰其芜蔓，可为学古者之法；盖自陈子昂追建安之风，开元之际，则张曲江继之，李太白又继之，沈宋集律体之成，而王、孟、高、岑，益为华赡，子美兼擅古律，是盛唐之宗矣。"

李白，字太白，陇西布衣也。贺知章见其文叹曰："子谪仙人也。"后人因称为李谪仙。其诗如天马行空，不受拘束，极变幻之妙，造神化之极，英思壮采，眩目惊心，一振前代靡靡之习，遂为诗道开一绝大局面。青莲居士，酒仙翁，皆其自号也。玄宗时尝供奉翰林，专掌密命，顾性嗜酒，每遇撰述，则方在醉中，左右以水沃面，稍解，即秉笔立成。开元中兴庆池东沉香亭前牡丹盛开。敕李白进《清平调》三章，时宿醒未解，援笔即成。乞归后，浮游四方。与杜子美结交最深，尝有《沙丘城下寄杜甫》诗一首，兹录于下：

《沙丘城下寄杜甫》

我来竟何事，高卧沙丘城。

城边有古树，日夕连秋声。

鲁酒不可醉，齐歌空复情。

思君若汶水，浩荡寄南征。

太白之古《乐府》如《乌夜啼》《襄阳曲》《鸣皋歌》皆杳冥惝恍，纵横变幻，尤极才人之能事。至其五七言律诗，笔力亦纵横驰骋，气象雄逸，兹各录一首于下：

《塞下曲》三首录一

塞虏乘秋下，天兵出汉家。

将军分虎竹，战士卧龙沙。

边月随弓影，胡霜拂剑花。

玉关殊未入，少妇莫长嗟？

《登金陵凤凰台》

凤凰台上凤凰游，凤去台空江自流。

吴宫花草埋幽径，晋代衣冠成古丘。

三山半落青天外，二水中分白鹭洲。

总为浮云能蔽日，长安不见使人愁。

太白之五七言绝，最为神妙，气概挥斥，有回飙掣电，缥缈天际之概。兹亦各录一首于下：

《夜思》

> 床前明月光，疑是地上霜。
> 举头望明月，低头思故乡。

《春夜洛城闻笛》

> 谁家玉笛暗飞声，散入春风满洛城。
> 此夜曲中闻折柳，何人不起故园情。

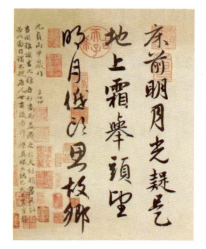

赵孟𫖯《静夜思》手迹

杜甫，字子美，杜陵人，诗坛双星之一也。少贫不自振，开元末举进士，不中第，为落第秀才，落魄长安，天宝末，献《三大礼赋》，玄宗奇之。肃宗时官右拾遗。弃官后，流落不遇，后依严武于剑南，武卒，客游四方以卒。其诗多指陈时事，故人称为"诗史"；又以其诗包罗众有，集诗之大成，故亦称"诗圣。"王世贞曰："李杜光焰千古，人人知之。"又曰："太白以气为主，以自然为宗，以俊逸高畅为贵；子美以意为主，以独造为宗，以奇拔沉雄为贵。其歌行之妙，咏之使人飘扬欲仙者，太白也；使人慷慨激烈歔欷欲绝者，子美也。选体太白多露语率语；子美多稗语累语，置之陶谢间，便觉伧父面目。"又曰："五言律七言歌行，子美神矣，七言律圣矣。五七言绝太白神矣，七言歌行圣矣，五言次之。太白之七言律，子美之七言绝，皆变体，间为之可耳，不足多法也。"且杜甫之诗，多悲时事，怨不辰之作，盖子美最深于情；其情不能离世间，其性即不能超绝俗事，乃发为忠君之情，怀乡之念，眷恋骨肉，情常郁郁，故不能为乐天之士，每激于物，辄慷慨淋漓，作不平之音也。兹摘录其各体诗各一首于下：

《述怀》

去年潼关破，妻子隔绝久。

今夏草木长，脱身得西走。

麻鞋见天子，衣袖露两肘。

朝廷愍生还，亲故伤老丑。

涕泪授拾遗，流离主恩厚。

柴门虽得去，未忍即开口。

寄书问三川，不知家在否？

比闻同罹祸，杀戮到鸡狗。

山中漏茅屋，谁复依户牖？

摧颓苍松根，地冷骨未朽。

几人全性命，尽室岂相偶。

嵚岑猛虎场，郁结回我首。

自寄一封书，今已十月后。

反畏消息来，寸心亦何有。

汉运初中兴，生平老耽酒。

沉思欢会处，恐作穷独叟。

《登岳阳楼》

昔闻洞庭水，今上岳阳楼。

吴楚东南坼，乾坤日夜浮。

亲朋无一字，老病有孤舟。

戎马关山北，凭轩涕泗流。

《送韩十四江东觐省》

兵戈不见老莱衣，叹息人间万事非。

我已无家寻弟妹，君今何处访庭闱？

《杜甫诗意图》 清 王原祁 绘

黄牛峡静滩声转，白马江寒树影稀。

此别应须各努力，故乡犹恐未同归。

《归雁》

东来万里客，乱定几年归。

肠断江城雁，高高正北飞。

《赠花卿》

锦城丝管日纷纷，半入江风半入云。

此曲只应天上有，人间能得几回闻。

综观李杜之诗，其性行，其思想，其词章，全然相反也。李则"诗仙"，杜则"诗圣"；李为出世之想，杜为涉世之想；李为理想派，杜为实际派；李受道教之感化，杜受儒道之教泽；李以气胜，而杜以情胜，李诗一气呵成，杜则苦心经营；盖一禀南人之性情，一具北人之气概，故其诗一为缥缈，一为沉郁，一如海洋，一如山岳也。总之两人之诗：一以才胜，一以工胜，各自成家也。

李杜称为诗坛之双星，而当时除双星之外，尚有无数之小星，各放光芒，以点缀盛唐之诗坛者，如王维（字摩诘，隐居辋川）之清远，孟浩然（与王维并称王孟）之冲淡，高适（字达夫）、岑参（尝为嘉州刺史，故亦称岑嘉州）之雄壮激越，（王孟高岑，并称为四唐人）而崔颢以风骨凛然著，王昌龄（字少伯，称诗天子）以缜密思清称，储光羲以素朴负时誉。其他如贾至、常建、李颀、丘为、王之涣、王翰、王湾（以《江南意》一篇推为诗人）、元结（字次山，选《箧中集》）等，亦皆一时之诗杰也。

（三）中唐之诗学

杜工部之诗，多作于大历之间，故中唐之诗人，多及与盛唐诗人相唱和，当大历之时，如韦应物（尝为苏州刺史，故亦称韦苏州）则以高雅闲淡称，

王昌龄

《王之涣墓志》（局部）

人比之陶渊明；如刘长卿（字文房）则五言诗尤妙，权德舆称为五言长城，然体不新奇，仅能炼饰耳。他如顾况、秦系、皎然（释）、严维之流，皆在大历十才子之外也。

大历十才子者，卢纶、吉中孚、韩翃、钱起、司空曙、苗发、崔峒、耿湋、夏侯审、李端（十才子传闻不一，今据《新唐书·艺文传》）是也。诸人皆以诗齐名，而五言诗尤善，于韦刘以外，别成一派，就中卢纶之诗，如《三河少年》等篇，文宗尤为赏识。李益与李贺齐名，每一篇成，乐工争求取之，其《征人早行》等篇，天下皆施之图绘。韩翃之诗，如芙蓉出水，朝野皆珍之，《寒食诗》中有"春城无处不飞花"一句，极为著名。然其绝句实不如李益。（时有两韩翃，其一为刺史）钱起之诗，体制新奇，理致清赡。此外诸子，亦不相上下。总之当时之诗，音调纤微，少浑成之致，宜严沧浪谓大历以来诗，目之为小乘禅也。至元和（宪宗）、长庆（穆宗）之时，诗学中兴，始复开元天宝之盛，其时采诗法于杜，而以奇险雄豪称者，则为韩愈。愈字退之，世居昌黎，故亦称韩昌黎。昌黎之诗最著者在古诗，而古诗中最可传者，则为《元和圣德诗》《石鼓歌》《月蚀诗》《南山诗》等篇。然以险奇特甚，往往流于晦涩，则其弊也。又尝与孟东野等，肇"联

沈德潜《七律诗轴》手迹

"句"之长篇。与愈同时者,有柳宗元,宗元,字子厚,尝为柳州刺史,世人因称柳柳州。"其诗学渊明,得其峻洁,而其长于哀怨者,盖彼之境遇也。"(沈德潜语)同时从愈游者有孟郊、张籍,师事愈者,有李翱、贾岛等,皆以诗名。然当时之诗,犹未变也。其以流丽之笔,一变昌黎矫健之风者,则有白乐天。

白居易,字乐天,太原人,晚居香山,因号香山居士。为诗多讽喻之作,文辞浅显,老妪能解。初与元稹酬咏,互相次韵,诗之和韵者自此始。当时号为元白,又与刘梦得齐名,故又称刘白。元和初为翰林学士,迁左拾遗,为当路所忌,遂被摈斥。清高宗评其诗曰:"盖根柢六义之旨,不失温厚和平之意,变杜甫之雄浑苍劲,而为流丽安详,不袭其面貌,而得其神味者。"然乐天之诗,其所尚,在平易,易则入俗,故有白俗之诮,其诗风行当世,上自王公卿相,下至野人田妇,无不爱诵之。其诗中之最为出色者在古体,而在古体之中以《长恨歌》《琵琶行》《游悟真寺》为最。《长恨歌》八百四十字,《琵琶行》六百十六字,《游悟真寺》二千五百八十字,可谓稀有之作品。兹录《长恨歌》一首于下:

《长恨歌》

汉皇重色思倾国,御宇多年求不得。杨家有女初长成,养在深闺人未识。
天生丽质难自弃,一朝选在君王侧。回头一笑百媚生,六宫粉黛无颜色。

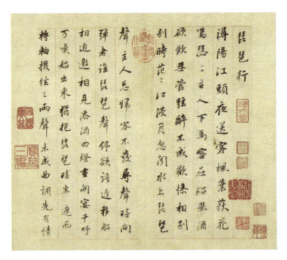

董其昌《琵琶行》手迹

春寒赐浴华清池，温泉水滑洗凝脂。侍儿扶起娇无力，始是新承恩泽时。
云鬓花颜金步摇，芙蓉帐暖度春宵。春宵苦短日高起，从此君王不早朝。
承欢侍宴无闲暇，春从春游夜专夜。后宫佳丽三千人，三千宠爱在一身。
金屋妆成娇侍夜，玉楼宴罢醉和春。姊妹弟兄皆列土，可怜光彩生门户。
遂令天下父母心，不重生男重生女。骊宫高处入青云，仙乐风飘处处闻。
缓歌慢舞凝丝竹，尽日君王看不足。渔阳鼙鼓动地来，惊破霓裳羽衣曲。
九重城阙烟尘生，千乘万骑西南行。翠华摇摇行复止，西出都门百余里。
六军不发无奈何，宛转蛾眉马前死。花钿委地无人收，翠翘金雀玉搔头。
君王掩面救不得，回看血泪相和流。黄埃散漫风萧索，云栈萦纡登剑阁。
峨嵋山下少人行，旌旗无光日色薄。蜀江水碧蜀山青，圣主朝朝暮暮情。
行宫见月伤心色，夜雨闻铃肠断声。天旋地转回龙驭，到此踟蹰不能去。
马嵬坡下泥土中，不见玉颜空死处。君臣相顾尽沾衣，东望都门信马归。
归来池苑皆依旧，太液芙蓉未央柳。芙蓉如面柳如眉，对此如何不泪垂。
春风桃李花开夜，秋雨梧桐叶落时。西宫南苑多秋草，落叶满阶红不扫。
梨园弟子白发新，椒房阿监青娥老。夕殿萤飞思悄然，孤灯挑尽未成眠。

迟迟钟鼓初长夜，耿耿星河欲曙天。鸳鸯瓦冷霜华重，翡翠衾寒谁与共？
悠悠生死别经年，魂魄不曾来入梦。临邛道士鸿都客，能以精诚致魂魄。
为感君王辗转思，遂教方士殷勤觅。排空驭气奔如电，升天入地求之遍。
上穷碧落下黄泉，两处茫茫皆不见。忽闻海上有仙山，山在虚无缥缈间。
楼阁玲珑五云起，其中绰约多仙子。中有一人字太真，雪肤花貌参差是。
金阙西厢叩玉扃，转教小玉报双成。闻道汉家天子使，九华帐里梦魂惊。
揽衣推枕起徘徊，珠箔银屏迤逦开。云鬓半偏新睡觉，花冠不整下堂来。
风吹仙袂飘飘举，犹似霓裳羽衣舞。玉容寂寞泪阑干，梨花一枝春带雨。
含情凝睇谢君王，一别音容两渺茫。昭阳殿里恩爱绝，蓬莱宫中日月长。
回头下望人寰处，不见长安见尘雾。惟将旧物表深情，钿合金钗寄将去。
钗留一股合一扇，钗擘黄金合分钿。但令心似金钿坚，天上人间会相见。
临别殷勤重寄词，词中有誓两心知。七月七日长生殿，夜半无人私语时。
在天愿作比翼鸟，在地愿为连理枝。天长地久有时尽，此恨绵绵无绝期。

　　与乐天同在元和长庆间齐名者，则为元稹。稹字微之，河南人。长于诗，与白乐天相埒，时号元白体。当时江河间为诗者，竞相仿效，然力既不足，才复不逮，致多支离褊浅之辞。稹有诗千余首，世有元轻白俗之称。其《连昌宫词》与《长恨歌》齐名，兹录之于下：

《连昌宫词》

连昌宫中满宫竹，岁久无人森似束。又有墙头千叶桃，风动落花红蔌蔌。
宫边老翁为予泣，小年进食曾因入。上皇正在望仙楼，太真同凭阑干立。
楼上楼前尽珠翠，炫转荧煌照天地。归来如梦复如痴，何暇备言宫里事。
初过寒食一百六，店舍无烟宫树绿。夜半月高弦索鸣，贺老琵琶定场屋。
力士传呼觅念奴，念奴潜伴诸郎宿。须臾觅得又连催，特教街中许燃烛。
春娇满眼睡红绡，掠削云鬟旋装束。飞上九天歌一声，二十五郎吹管逐。
逡巡大遍凉州彻，色色龟兹轰录续。李谟擪笛傍宫墙，偷得新翻数般曲。

平明大驾发行宫，万人歌舞途路中。　百官队仗避岐薛，杨氏诸姨车斗风。
明年十月东都破，御路犹存禄山过。　驱令供顿不敢藏，万姓无声泪潜堕。
两京定后六七年，却寻家舍行宫前。　庄园烧尽有枯井，行宫门闭树宛然。
尔后相传六皇帝，不到离宫门久闭。　往来年少说长安，元武楼成华萼废。
去年敕使因斫竹，偶值门开暂相逐。　荆榛栉比塞池塘，狐兔骄痴缘树木。
舞榭歌倾基尚存，文窗窈窕纱犹绿。　尘埋粉壁日花钿，乌啄风筝碎珠玉。
上皇偏爱临砌花，依然御榻临阶斜。　蛇出燕巢盘斗栱，菌生香案正当衙。
寝殿相连端正楼，太真梳洗楼上头。　晨光未出帘影黑，至今反挂珊瑚钩。
指示傍人因恸哭，却出宫门泪相续。　自从此后还闭门，夜夜狐狸上门屋。
我闻此语心骨悲，太平谁致乱者谁？翁言野父何分别，耳闻眼见为君说。
姚崇宋璟作相公，劝谏上皇言语切。
燮理阴阳禾黍丰，调和中外无兵戎。
长官清贫太守好，拣选皆言由相公。
开元之末姚宋死，朝廷渐渐由妃子。
禄山宫里养作儿，虢国门前闹如市。
弄权宰相不记名，依稀忆得杨与李。
庙谟颠倒四海摇，五十年来作疮痏。
今皇神圣丞相明，诏书才下吴蜀平。
官军又取淮西贼，此贼亦除天下宁。
年年耕种宫前道，今年不遣子孙耕。
老翁此意深望幸，努力庙谟休用兵。

中唐诗人有名者，其数实不少，如刘禹锡（字梦得）与元白唱和之作极多，尝作《杨柳枝词》，是为后世《竹枝词》之始。而李长吉以鬼才闻，寿虽不永，而其诗之怪奇，亦足为中唐诗学中放一异彩也。

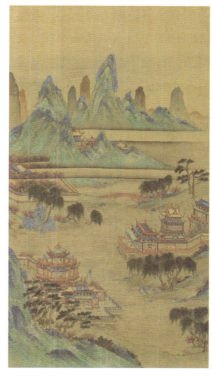

《连昌宫词图》　明　仇英　绘

（四）晚唐之诗学

晚唐诗风委靡不振，所谓国家将衰，则繁声促节，柔态商音，又形于文字之间，今古同然，不独晚唐而已也。当时诗人如杜牧，字牧之，太和（文宗）二年进士，为人刚直有奇节，诗豪而艳，尚无晚唐之风气，时人称之为小杜。兹录其七言绝句《江南春》一首于下：

《江南春》

千里莺啼绿映红，水村山郭酒旗风。

南朝四百八十寺，多少楼台烟雨中。

温庭筠，本名岐，字飞卿，太原人。其诗秾丽，然无行，多作侧辞艳曲。与温齐名者，则为李商隐，世称温李。商隐，字义山，怀州河内人，开成（文宗）中进士。其诗甚典赡，或谓其学老杜。宋杨大年等宗之，名西昆体。其诗间有艳体及狎昵之作。又温庭筠、李商隐与段成式俱行十六，故当时有三十六体之称。兹录温李之诗各一首于下：

温庭筠《瑶瑟怨》

冰簟银床梦不成，碧天如水夜云轻。

雁声远过潇湘去，十二楼中月自明。

李商隐《宫妓》

珠箔轻明拂玉墀，披香新殿斗腰支。

不须看尽鱼龙戏，终遣君王怒偃师。

杜温李三人之诗，为晚唐中之佼佼者，其余如郑谷，如许浑，亦为一时之选，而韩偓好为缛绮之词，创香奁体。皮日休与陆龟蒙亦时相唱和，其唱和诗中有吴体，其七律中之拗体乎？他如司空图，方干，尚格律之诗。

杜荀鹤诗称晚唐格，著有《唐风集》。与尚格律一派不同。江东三罗（罗邺、罗隐、罗虬）亦并以诗名。此外如曹唐、胡曾、陈陶辈，体格益卑下，其余作者纷纷，然皆无足述矣。此唐代诗学之大概情形也。

第七节　宋代之诗学

　　五代诗文，均无足观。至于宋初，西昆体大盛，欧阳修、梅圣俞出而矫其弊，或宗韩李，或宗老杜，至江西派出而诗又一变。南渡以后，初承江西之绪，继效晚唐之体，于是纤屑粗犷之习，危苦急迫之音，又渐起矣，兹分述之于下：

一、北宋之诗学

《六一诗话》

　　欧阳修《六一诗话》曰："国朝浮屠以诗名于世者九人（剑南希书，金华保暹。南越文兆，天台行肇，汝州简长，青城惟凤，江东宇昭，峨眉怀古，淮南惠崇），故时有集号九僧。"按九僧之诗，实为西昆体之导源；而当时徐铉之诗，亦犹有唐音。至太宗时则有杨亿（字大年）、刘筠（字子仪）、钱惟演（字希圣）三人，互相唱和，尚格调，炼藻才，一以义山为法。其唱和之诗，编而叙之，曰《西昆酬唱集》，共十七人，二百五十首（佚二首），皆近

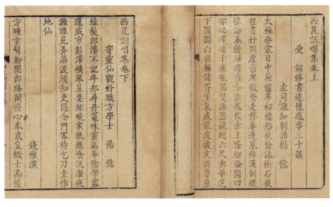

《西昆酬唱集》

体诗也，时人争效之，于是诗体一变。

同时如王禹偁则学长庆，号为白体；寇准、林逋、魏野、潘阆则师晚唐，号为晚唐体；是皆另辟蹊径，与西昆体不同，然其势力，远不如西昆。及苏子美兄弟（苏舜钦，字子美；其兄舜元，字才翁）、梅尧臣（字圣俞）出，而诗体又一变。《六一诗话》曰："二家诗体特异，子美笔力豪俊，以超迈横绝为奇；圣俞覃思精微，以深远闲淡为意，各极其长，虽善论者，不能优劣也。"盖二人之诗，皆有老杜之风，一时诗坛，靡然向风，足矫晚唐萎弱之病，兹录二人之五言律各一首于下：

苏舜钦《和解生中秋月》

不为人间意，居然节物清。
银塘通夜白，金饼隔林明。
醉客樽前倒，栖乌露下惊。
悲欢古今事，寂寂堕荒城。

梅尧臣《泛溪》

中流清且平，含楫任舟行。

渐近鹭犹立，已遥村觉横。

何妨绿樽满，不畏晚风生。

屈贾江潭上，愁多未适情。

苏梅而外，惟欧阳修能崛起为雄，力复古格，一变而为李白、韩愈之诗，有《庐山高》《明妃曲》二篇，为其最得意之作；尝曰："《庐山高》今人莫能为，惟李太白能之。《明妃曲》后篇，太白不能为，唯杜子美能之；至其前篇，子美亦不能为，唯吾能之也。"兹录《明妃曲》于下：

《明妃曲》

汉宫有佳人，天子初未识。一朝随汉使，远嫁单于国。绝色天下无，一失难再得。虽能杀画工，于事竟何益。耳目所及尚如此，万里安能制夷狄？汉计已成拙，女色难自夸。明妃去时泪，洒向枝上花。狂风日暮起，飘泊落谁家？红颜胜人多薄命，莫怨春风当自嗟。

其后王安石亦有《明妃曲》，但荆公之诗，绝句尤工；而暮年所作小诗，亦幽雅精绝。惟以爱讲诗律，重其小者而忽其大者，是其短也。

与安石同时之诗人，尚有三苏。三苏者，苏洵及其二子轼辙是也。洵字明允，眉山人，或称为老苏，其诗篇不多，盖非其所长也。轼字子瞻，号东坡，或称为大苏。其诗学杜，而出其范围，盖欲云尽云，笔力英爽，其飘逸处，则又有李白之风。赵瓯北云："清明要锻炼，方得铅中银；然东坡诗实不以锻炼为工，其妙处在乎心地空明，自然流出，一似全不著力，而自然沁入心脾，此其独绝也。"其弟辙，字子由，号颍滨，或称为小苏。其诗远非东坡之比，虽温雅高妙，如佳人独立，然姿态易见也。故三苏之中当推子瞻诗为尤高，能逸出唐诗规模，而又参用《佛典》，则以其兼通释氏之故也，兹录其七言古诗一首于下：

《虔州景德寺荣师湛然堂》

卓然精明念不起，兀然灰槁照不灭。

方定之时慧在定，定慧寂照非两法。

妙湛总持不动尊，默然真入不二门。

语息则默非对语，此话要将周易论。

诸方人人把雷电，不容细看真头面。

欲知妙湛与总持，更问江东三语椽。

　　当时游于苏门者，有黄庭坚、秦观（字少游）、晁补之（字无咎）、张耒（字文潜）四人，号称苏门四君子（或称四学士），而四家中之尤者，则为黄庭坚。庭坚字鲁直，号山谷，因谪居涪州，故又号涪翁。其诗与东坡齐名，号称苏黄。又以其为江西分宁人，后人推为江西诗派之祖。按山谷之诗颇奇崛，一语不苟，务避俗臭，而又出以音节和谐，风调圆美，是其所长；至若炼句刻意，务求新奇，则其本色；惟以格尚峭拔，故其诗弊在失之自然，而为有意求工。所谓熊膰鸡跖，筋骨有余，而肉味绝少，终乏诗之风味也。盖山谷受性理之影响，故其诗亦多陷于说理者也。兹录其五言古诗一首于下：

《题竹石牧牛》

野次小峥嵘，幽篁相依绿。

阿童三尺箠，御此老觳觫。

石吾甚爱之，勿遣牛砺角。

牛砺角尚可，牛斗残我竹。

　　江西诗派之名，创于吕本中，本中字居仁，河南人。自言传衣钵于江西，乃作《江西诗社宗派图》，自豫章（黄山谷）以降，列陈师道、潘大临、谢逸、洪刍、饶节、僧祖可、徐俯、洪朋、林敏修、洪炎、汪革、李錞、韩驹、李彭、晁冲之、江端本、杨符、谢迈、夏倪、林敏功、潘大观、何觊、王直方、僧善权、高荷二十五人，以为法嗣，而以己为殿，谓其源流皆豫章也。按《宗派图》，实根据唐末张为之《主客图》，彼以一人为主，而分列余为入室；此以一为宗，而以余人为法嗣，有何异乎？惟所列二十五人，为时称道者，不过数人而已。本中除《宗派图》外，著有《东莱诗集》，其诗如散圣安禅，自能奇逸，惟暮年则诗多哑耳。

二十五人中如陈师道（字履常，一字无己，号后山）、韩驹（字子苍）诸人，皆以能诗名。至靖康（钦宗）以后，北宋诗人，则惟陈与义（字去非，号简斋）独宗山谷，其未列入《诗派图》中者，则以与义之生，较元祐诸人为稍晚耳，此北宋诗学变迁之情形也。

《范成大卖痴呆词图》 清 曹夔音 绘

二、南宋之诗学

北宋元祐（哲宗）以后之诗，惟苏黄二体而已，而江西派，至南宋而犹盛；盖南宋以后，诗人莫不推陆游、尤袤（字延之）、范成大（字致能，号石湖）、杨万里（字廷秀）四人，号为四大家，四人之诗，虽不列于江西诗派中，而实则统于山谷；盖皆取法于曾几，而几则宗山谷者也。四人之诗，尤袤之《梁溪集》久佚（今存尤侗所辑一卷），无从论定。杨万里《诚斋诗集》，时有奇峭之笔，惟太粗豪耳。范成大《石湖诗集》，冠冕佩玉，度骚婉雅，可与陆游相颉颃。游字务观，号放翁。尤杨范皆绍兴（高宗）中进士，而游则隆兴（孝宗）中进士，故出身较晚，然其诗则尤为佼佼。且游身于乱世，故所吟咏，多感染时事，而有慷慨悲愤之意。所著《剑南诗稿》，有一万余首，赵瓯北评其诗曰："放翁之工夫精到，而出语自然老洁，他人数言不能了，彼只用一二语了之。"又曰："才不过苏东坡，而诗实能过苏。"宜放翁之为一大宗也。按放翁之诗，尤长于七言近体，今录其诗于下：

《剑南诗稿》

《村东晚眺》二首录一

> 饱食无营过暮年，节枝到处一萧然。
> 清秋欲近露沾草，新月未高星满天。
> 远火微茫沾酒市，丛蒲寒窣钓鱼船。
> 哦诗每憾工夫少，又废西窗半夜眠。

《梅》二首录一

> 三十三年举眼非，锦江乐事祇成悲。
> 溪头忽见梅花发，恰似青羊宫里时。

南渡后之诗人，其能不蹈江西派之统绪，而力矫当时粗涩之病者，则有永嘉四灵。四灵者，徐照（字道晖，一字灵晖，号山民）、徐玑（字文渊，一字致中，号灵渊）、翁卷（字续古，一字灵舒）、赵师秀（字紫芝，号灵秀）是也，四人皆永嘉人，时号四灵诗派，俱推毂于叶适（字水心）。诗皆效晚唐，长于五言近体，虽风调流丽，然刻意雕琢，取径太狭，终不免破碎尖酸之病也。

除四灵效晚唐外，尚有严沧浪宗盛唐。按沧浪名羽，著有《沧浪诗话》，

首《诗辨》，次《诗体》，次《诗法》，次《诗评》，次《诗证》，叙述
颇有条理，为诗话中之最佳者；且开用禅理说诗之例。至于宋末，则有谢
翱（字皋羽）刻意拟古，颇负盛名，有《晞髮集》传世。而郑思肖（字亿翁，
号所南）则又流入怪诡。至于元初，复有宋遗民浦阳吴渭（字潜斋）约诸
乡老，为月泉吟社，命题赋诗，约期交卷，由谢皋羽等评骘甲乙，当时以
罗公福（连文凤之托名，有《百正集》）为第一，所谓宋遗民诗体是也。
宋人作诗多言法，故诗话亦以宋为最盛，当时诗话之最著者；除严羽之《沧
浪诗话》外，欧阳修有《六一诗话》，陈师道有《后山诗话》，胡仔有《苕
溪渔隐丛话》，杨万里有《诚斋诗话》，此外著述尚多，不能一一尽述，
此宋代诗学之大概情形也。

《沧浪诗话》

《苕溪渔隐丛话》

第八节　金元之诗学

诗至于宋，其体例之变几尽，金元又以异族入据中土，故当时诗学甚衰，一无足取。其差强人意者，则有元遗山、虞道园等，然大都悲壮纤丽，仅足以续唐宋之绪，其能于诗坛上放异彩者，盖寥寥不数觏也。

一、金代之诗学

辽衰而金起，直入中原，致宋偏安南都，金因袭宋之文教，故世宗、章宗两朝，文物尚盛，当时诗人如宇文虚中、蔡珪、党怀英、周昂、赵秉文、王庭翰等，然皆不出苏黄之外。《艺苑卮言》谓金之诗："直于朱而伤浅，质于元而少情。"则金诗之价值，可以知矣。当时称一代诗宗，能力矫南渡诗人之习，而无江西诗派生拗粗犷之失者，则为元遗山。名好问，字裕之，遗山其号也。七岁能诗，见知于闲闲公（赵秉文）。尝咏《箕山》《琴台》等诗，赵秉文见之，谓自少陵以来无此作，以书招之，于是名震京师。金亡后，即不复出仕。每以著作自任，作《中州集》百余卷。所搜皆金人诗也。其诗兴象深远，风格遒上，虽未能超出唐宋诗人之上，然其古体构思窅渺，十步九折，尚单行而少偶句，非如山谷之开场便用对仗；七言律诗，沉挚悲凉，自成格调，可以直追少陵；盖以生长朔北，又值社稷灭亡之时，故其所发，悲壮激越，多感怆之作也。郝经评其诗曰："以雅言之高古，杂言之豪宕，足以继坡谷。"兹录其五古七律各一首于下：

《箕山》

幽林转阴崖，鸟道人迹绝。

许君栖隐地，唯有太古雪。

人间黄屋贵，物外只自洁。

尚厌一瓢喧，重负宁所屑。

降衷均义禀，泪利忘智决。

得陇又望蜀，有齐安用薛。

干戈几蛮触，宇宙日流血。

鲁连蹈东海，夷齐采薇蕨。

至今阳城山，衡华两丘垤。

古人不可作，百念肝肺热。

浩歌北风前，悠悠送孤月。

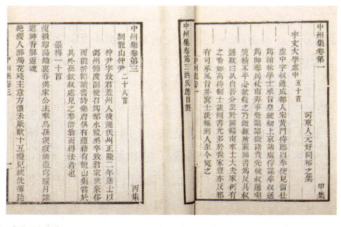

《中州集》

《横波亭为青口帅赋》

孤亭突兀插飞流，气压元龙百尺楼。

万里风涛接瀛海，千年豪杰壮山丘。

疏星淡月鱼龙夜，老木清霜鸿雁秋。

倚剑长歌一杯酒，浮云西北是神州。

二、元代之诗学

元初诗人有赵孟頫（字子昂，号松雪），诗极工隽逸丽。稍后则有虞、杨、范、揭四家。虞集字伯生，号道园，其诗自比汉廷老吏。李东阳《怀麓堂诗话》谓其诗："藏锋敛锷，出奇制胜，如珠之走盘，马之行空，始若不见其妙，而探之愈深，引之愈长。"杨载字仲弘，其诗清思不如范，秀韵不如揭，权奇飞动不如虞，然当时道园称其如百战健儿。范梈，字亨父，别字德机，其诗如唐临晋帖，蹀踔宕逸而有远情。揭奚斯字曼硕，其诗清丽婉转，如美女簪花。四家之诗，源本江西，而一变其粗犷为清丽，虞集则尤近唐人，兹录其七言律诗一首于下：

赵孟頫

《费无隐丹室》

碧云双引树重重，除却丹经户牖空。
一径绿阴三月雨，数声啼鸟百花风。
年深不记栽桃客，夜静长留卖药翁。
几度到来浑不语，独依秋色数归鸿。

虞、杨、范、揭四家之外，则有张翥（字仲举，号蜕庵）、萨都剌（字天锡，号雁门）诸人，其诗皆流丽清婉，与四家不同；而天锡以蒙人而尤长于情，巧为《宫词》，有《雁门集》。兹录一首于下：

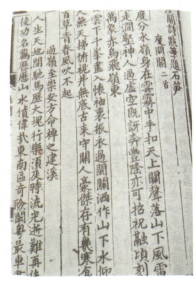

《雁门集》

《赠弹筝者》

> 银甲弹冰五十弦，海门风急雁行偏。
>
> 故人情怨知多少，扬子江头月满船。

此外能与伯生并称者，则有刘静修；李东阳称其诗为"高牙大纛，堂堂正正，攻坚而折锐，则刘有一日之长"。又有道士张伯雨者，著有《句曲外史诗集》，亦与伯生诸人时相往还，他若吴莱（字立夫，著有《渊颖集》）、倪瓒（字元镇，号云林）亦皆能诗，然皆近于纤，则元代诗家之通病也。最后则有杨维桢，为元季大家。维桢字廉夫，号铁崖，以诗名擅一时，《四库提要》称其《拟白头吟》一篇"买妾千黄金，许身不许心，使君自有妇，夜夜白头吟"。有三百篇风人之旨。盖其诗于典丽之中，别饶隽致，然其下者亦多堕入魔趣，怪诞晦涩，致受"文妖"之讥。总之其诗虽有突出于古，然以好尚秾艳，诗品斯下矣。兹录其七绝一首于下：

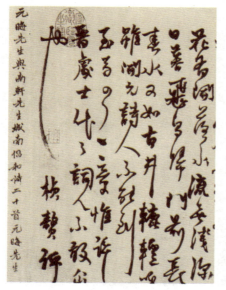

杨维桢《城南唱和诗帖》手迹（局部）

《四库提要》

《雨后云林图》

浮云载山山欲行，桥头雨余春水生。

便须借榻云林馆，卧听仙家鸡犬声。

李东阳《怀麓堂诗话》云："宋诗深，却云唐远，元诗浅，去唐却近，顾元不可为法，所谓取法乎中，仅得乎其下耳。"此学者所不可不知也。

第九节　明代之诗学

明代诗学甚衰，盖开国之初，犹承元习。然自青田，青丘变元季之颓风以后，有前后七子倡言复古。公安竟陵继之，然舍摹仿外，绝无价值之可言。陈子龙起，始上窥正始，不染时趋。总之明诗优于元而逊于宋，其病或失之靡靡，或失之空门面。兹分述之于下：

《艺苑卮言》曰："胜国之季，业诗者，道园以典丽为贵，廉夫以奇崛见推。迨于明兴，虞氏多助，大约立赤帜者，二家而已。才情之美，无过季迪；声气之雄，次及伯温；当是时孟载（杨基）、景文（袁凯）、子高（孙蕡）辈，实为之羽翼。"然季迪、孟载，与来仪、幼文，称为四杰，所谓吴诗派是也。与吴诗派并称者，则有越诗派，倡之者为刘基。基字伯温，青田人。时元季诗人，都尚辞华，而伯温独追韩杜，其乐府比古诗高，而五言近体尤为出色，惟失之好奇耳。兹录其诗一首于下：

《玉阶怨》

> 长门灯下泪，滴作玉阶苔。
>
> 年年傍春雨，一上范墙来。

高启字季迪，长洲人，自号青丘子。与青田同时。而独于国初卓然出群，据有明一代诗人之上。其诗上窥建安，下逮开元，著有《吹台集》《凤台集》《缶鸣集》《江馆集》《青丘集》《南楼集》《姑苏集》《胜壬集》，（合称《大全集》）沈德潜谓其诗才调有余，蹊径尚未能化，故一变元风，尚未直追大雅云。盖青丘之诗，犹失之靡靡也。兹录其诗一首于下：

《梅花》九首录一

> 琼姿只合在瑶台，谁向江南处处栽？
> 雪满山中高士卧，月明林下美人来。
> 寒依疏影萧萧竹，春掩残香漠漠苔。
> 自去何郎无好咏，东风愁寂几回开。

当时与青丘并称为吴中四杰之杨基（字孟载，号眉庵）尝以《铁笛诗》见知于杨铁崖，然其诗颇染元习。张羽（字来仪，后改字附凤）之诗，五古学杜韦，而微嫌郁轖，律诗不事雕缋，而失之平熟。徐贲（字幼文，本蜀人，后移居吴中，与高启、王行、高逊志、唐肃、宋克、余尧臣、张羽、吕敏、陈则同居北郭，号北郭十友）之诗，则又亚于高杨。此外如袁凯（字景文，号海叟）则以《白燕诗》著名，有袁白燕之称。而贝琼（字廷琚）、张以宁（字志道）辈，亦以诗名，然皆不及四杰，惟闽诗派之林鸿（字子羽）、岭南诗派之孙仲衍、江右诗派之孙蕡（字子高）则与吴越两派并称焉。

永乐（成祖）以后，台阁体盛行（杨士奇、杨荣、杨溥并号三杨，其诗文称台阁体），诗运大为不振，至天顺（英宗）之际，有李东阳（字宾之，号西涯）出，排永乐以后之诗风，诗学为之一振。东阳之诗有唐宋余韵，于是风气转移，有复古之气象。至弘治（孝宗）正德（武宗）之际，更出李何七子，继东阳而唱复古，其诗皆宪章少陵，惟所造各异耳。李何七子者，李梦阳、何景明、徐祯卿、边贡、康海、王九思、王廷相是也。而七人之中，李何尤为杰出。李梦阳字天赐，更字献吉，弘治时进士。言文必秦汉，言诗必盛唐，非是者弗屑道，尝讥东阳之诗为萎弱。何景明字仲默，亦弘治时进士。诗与梦阳相颉颃，并称有国士之风，然两雄并立，后遂反目，盖梦阳尚模拟，以雄浑胜也。景明尚创造，以秀朗胜也。各树一帜，驰骋于文坛之上。今录两人之七言古、七言律各一首于下：

何景明

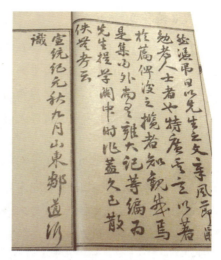

何景明《何大复先生集》

李梦阳《送李帅之云中》

> 黄风北来云气恶，云州健儿夜吹角。
> 将军按剑坐待曙，纥干山摇月半落。
> 槽头马鸣士饭饱，昔无完衣今绣袄。
> 沙场缓辔行射雕，秋草满地单于逃。

何景明《鲥鱼》

> 五月鲥鱼已至燕，荔枝卢橘未能先。
> 赐鲜遍及中珰第，荐熟应开寝庙筵。
> 白日风尘驰驿骑，炎天冰雪护江船。
> 银鳞细骨堪怜汝，玉筋金盘敢望传。

李何二人，当时更与边贡称三才子，益以徐祯卿称弘正四杰，益以朱应登、顾璘、陈沂、郑善夫、康海、王九思六人，则号十才子；而祯卿又与文徵明、唐寅、祝允明称吴中四子，盖祯卿初慕刘（刘禹锡）白（白居易），其后乃转学汉魏盛唐之诗也。
此外如杨慎（字用修，号升庵）之诗，
含吐六朝，于明代独立门户者也。嘉
靖（世宗）之时，有王慎中、唐顺之
力矫七子之失，世称之曰王唐，则又
与七子之诗异趣者也。与王唐对峙，
而复承李何七子之余风者，则有李王
七子，所谓后七子是也。李攀龙字于
鳞，号沧溟，尝倡诗社，和之者有谢
榛吴维岳等。王世贞，字元美，号凤洲，
又称弇州山人。与攀龙、谢榛、宗臣、
梁有誉、徐中行、吴国伦，并号七子，
年少气盛，互相标榜，视当世若无人。

王世贞

其诗务以声调胜，然其辞意不无重复，所拟之乐府，至更易数字，即据为
己作。盖以独推尊梦阳，致犯模仿之弊，故其诗或未能极其变态，或失之
太露筋骨，而乏自然之神韵也。兹录李王两人之诗各一首于下：

李攀龙《古意》

秋风西北起，吹我游子裳。
浮云从何来？安知非故乡。
萧萧胡马鸣，翩翩下枯桑。
暮色入中原，飞蓬转战场。
往路不可怀，行役自悲伤。

王世贞《西宫怨》

点点莲花漏未央，夕寒如水浸罗裳。
谁怜金井梧桐露？一夜鸳鸯瓦上霜。

李王七子之中，与李王可相比者，则惟谢榛。榛字茂秦，号四溟先生。其"五言近体，句烹字炼，气逸调高，七子中可推独步。"（沈德潜语）兹录其五言古诗一首于下：

《榆河晓发》

> 朝晖开众山，遥见居庸关。
> 云出三边外，风生万里间。
> 征尘何日静？古戍几人闲？
> 忽忆弃襦者，空惭旅鬓斑。

七子之诗，后人欲变之者屡矣。然徐渭欲以李长吉体变之，汤义仍欲以尤萧范陆体变之，然皆众寡不敌，卒未能也。至袁宏道兄弟出，乃一变以清真；钟谭一派出，乃又易以幽峭。然肤廓粗厉之失虽去，而浅率僻晦之病又起矣。袁宏道字无学，公安人，万历（神宗）时人，与兄宗道（字伯修）、弟中道（字小修）好白（白居易）苏（苏轼）之诗，排王李之说，以清真轻俊为主，学者从之，号公安体，当时宏道尤负盛名。然其诗杂以俚语，如《西湖诗》及《偶见白发》诗，直滑稽调笑之语耳。

《西湖》

> 一日湖上行，一日湖上坐。
> 一日湖上住，一日湖上卧。

《偶见白发》

> 无端见白发，欲哭反成笑。
> 自喜笑中意，一笑又一跳。

钟惺，字伯敬，号退谷，竟陵人，万历时人。谭元春，字友夏，亦竟陵人，天启（熹宗）时举人，二人之诗，以幽深孤峭为主，盖以矫清真轻俊之弊也。时人号为竟陵体。钟谭二人，尝评选唐人之诗为《唐诗归》，评隋以前诗为《古诗归》（或谓竟陵诸生某假托为之）家传户习，风行一时，闽人蔡复一等降心以相从，吴人张泽、华淑等闻声而遥应；然按公安竟陵二派之诗，不过"创浅率之调，以为浮响；造不根之句，以为奇突；用助语之辞，以为流转；著一字，务求之幽晦；构一题，必期于不通。（《静志居诗话》）"兹录谭元春六言诗一首于下：

《得蜀中故人书》

蜀川兵定人静，老友天寒信来。

莫怪草堂深闭，小桥边有门开。

当万历之顷，有高攀龙者学陶渊明而得其天趣。此外如归子慕诗亦淡雅似高，程嘉燧诗娟丽无尘，郑琰之诗有燕赵悲歌之声；及陈子龙出，始力拯诗道之衰。子龙字人中，又字卧子，华亭人，崇祯（思宗）时进士。其诗襟度宏远，天骨开张，诗学为之一振，然当明社倾覆之时，莫可挽矣。其流风余韵，至清初而始放异彩。此明代诗学之大概情形也。

第十节　清代之诗学

　　清初诗家，大都为明之遗臣，如钱牧斋、吴梅村皆为有数之诗人。此外则均未尽脱公安、竟陵之余习。至王渔洋出，始独标神韵，流风所扇，士林风靡。乾嘉以后，神韵派衰，而格律，性灵之说起，于是诗风又为之一变，兹分述之于下：

　　清初诗人，亭林（顾炎武，本名绛，明亡后改名炎武，字宁人，昆山人。学者称亭林先生）以沈雄称、梨洲（黄宗羲，字太冲，号梨洲，又号南雷，余姚人）以婉丽著；然其尤足称道者，则惟钱牧斋与吴梅村两人。牧斋名谦益，字受之，江南常熟人。崇祯时进士，清师定南都，牧斋出降，仕为礼部右侍郎，其所排击者为李王复古体，诗本杜陵，沉郁藻丽。高情逸致，不在梅村之下，其所著之诗集笺注等类，于康熙（圣祖）朝以其为贰臣，尽行毁弃。然以诗人论牧斋，实为清初有数之大家，六十以后，益颓然自放，兹录五律一首于下：

《渡江》二首录一

> 京江南北路，不到十余年。
> 岁月看如此，风波意眇然。
> 浮生催渡客，官况钓鱼船。
> 何事眉山老，归期只问田。

　　与牧斋齐名者为吴梅村。梅村名伟业，字骏公，太仓人，明崇祯中进士。明亡，退隐，后以荐仕清朝，官至国子祭酒。赵翼评其诗曰："当时名位

钱牧斋

吴伟业（号梅村）

《山水图》　清　吴伟业　绘

声望虽次于钱，然今日平心而论，则梅村之诗，不可及者有一：一则神韵悉本于唐，不落宋以后之腔调，而指事类情，有宛转如意，非如学唐者徒袭其貌也；一则庀材多用正史，不取小说家之故实，选声作色，又华艳动人，非食古不化者也。"然论其气，则似稍衰飒，论其结构，则语疵累多。惟以身丁社稷倾覆之际，故诗多感怆时事，然俯仰身世，缠绵凄惋，意味亦颇深厚也。其七言古诗，则尤为高妙。年六十三卒，遗言敛以僧装，墓前立一圆石，题曰"诗人吴梅村之墓"。盖以枉节自恨也。观其《述怀诗》中有"我本淮王旧鸡犬，不随仙去落人间"及《怀古兼吊侯朝宗》诗中"死生总负侯嬴诺，欲滴椒浆泪满樽"之句，可想见其志矣。其诗如长歌《永和宫词》之类，尤为著名。按《永和宫词》，乃记思宗及田贵妃之事，盖取正史之事实而润饰之，末段又含讽刺之意，兹录于下：

《永和宫词》

扬州明月杜陵花，夹道香尘迎丽华。旧宅江都飞燕井，新侯关内武安家。
雅步纤腰初召入，钿合金钗定情日。丰容盛鬋固无双，蹴鞠弹棋复第一。
上林花鸟写生绡，禁本钟王点素毫。杨柳风微春试马，梧桐露冷夜吹箫。
君王宵旰无欢思，宫门夜半传封事。玉几金床少晏眠，陈娥卫艳谁频侍？
贵妃明慧独承恩，宜笑宜愁慰至尊。皓齿不呈微索问，蛾眉欲蹙又温存。
本朝家法修清宴，房帷久绝珍奇荐。敕使惟追阳羡茶，内人数减昭阳膳。
维扬服制擅江南，小阁炉烟沉水含。私买琼花新样锦，自修水递进黄柑。
中宫谓得君王意，银环不妒温成贵。早日艰难护大家，比来欢笑同良娣。
奉使龙楼贾佩兰，往还偶失两宫欢。虽云樊嬺能辞令，欲得昭仪喜怒难。
绿绨小字书成印，琼函自署充华进。请罪长教圣主怜，含辞欲得君王愠。
君王内顾恤倾城，故剑还存敌体恩。手诏玉人蒙诘问，自来阶下拭啼痕。
外家官拜金吾尉，平生游侠多轻利。缚客因催博进钱，当筵便杀弹筝伎。
班姬才调左姬贤，霍氏骄奢窦氏专。涕泣微闻椒殿诏，笑谈豪夺灞陵田。
有司奏削将军俸，贵人零落宫车梦。永巷传闻去玩花，景和门里谁陪从。
天颜不怿侍人愁，后促黄门召共游。初劝官家伴不应，玉车早到殿西头。
两王最小牵衣戏，长者读书少者弟。闻道群臣誉定陶，独将多病怜如意。
岂有神君语帐中，慢云王母降离宫。巫阳莫救苍舒恨，金锁凋残玉筯红。

从此君王惨不乐，丛台置酒风萧索。已报河南失数州，
况经少子伤零落。贵妃瘦损坐匡床，慵鬟啼眉掩洞房。
豆蔻汤温冰簟冷，荔枝浆热玉鱼凉。病不禁秋汜沾臆，
裴回自绝君王膝。苕没长门有梦归，花飞寒食应相忆。
玉匣珠襦启便房，薤歌无异葬同昌。君王欲制哀蝉赋，
谏笔词臣有谢庄。头白宫娥暗擎蹙，庸知朝露非为福。
宫草明年战血腥，当时莫向西陵哭。穷泉相见痛仓皇，
还向官家问永王。幸免玉环逢丧乱，不须铜雀怨兴亡。
自古豪华如转毂，武安若在忧家族。爱子虽添北渚愁，
外家已葬骊山足。夜雨椒房阴火青，杜鹃啼血灌龙门。
汉家伏后知同恨，止少当年一贵人。碧殿凄凉辛木拱，
行人尚识昭仪家。麦饭冬青问茂陵，斜阳蔓草埋残垄。
昭丘松槚北风衰，南内春深拥夜来。莫奏霓裳天宝曲，
景阳宫井落秋槐。

　　当时文名与钱吴并称而号为江左三大家者，则
有龚鼎孳（字孝升，号芝麓）然所作则不及钱吴矣。
　　至顺治（世祖）之时，则有施愚山以诗显，与
宋荔裳并称，当时有南施北宋之目。愚山名闰章，
字尚白，宣城人，其诗以五言律尤为一时之冠。荔裳名琬，字玉叔，山东
莱阳人。沈德潜曰："今以两人论之，则宋以磊落雄健胜，施以温柔敦厚胜。"
而愚山当时诗名尤满天下。兹录二人之诗各一首于下：

龚鼎孳手迹

施闰章《岱岭夜雨》

　　　　　寒星看掌上，暮雨忍尊前。
　　　　　积气无岩壑，秋声划海天。
　　　　　万松飞瀑里，三观乱云边。
　　　　　恍惚身何在，真从象纬眠。

宋琬《遣怀》

> 年来憔悴客江关，草草经营水石间。
> 渐喜疏桐能受雨，尚怜新竹未成斑。
> 官同社燕秋南北，门对江鸥日往还。
> 归计只今余白发，移家终欲傍青山。

与愚山同时而独以神韵之说为海内倡者，则有王士禛。士禛字贻上，号渔洋山人，山东新城人。初为牧斋所重，既而诗名渐高，天下尊为诗坛盟主。少游历下，与诸名士集于大明湖，赋《秋柳诗》，一时和者数百人。在京师，与汪苕文、程周量、刘公戬、梁曰缉、叶子吉、彭羡门、李圣一、董文骥等相倡和，在扬州与林茂之、杜于皇、孙豹人、方尔止等修禊红桥，又与陈其年、邵潜夫等，修禊如皋冒氏之水绘园。官吏部时，与李湘北、陈午亭、宋牧仲等为文社，又与宋荔裳、施愚山、曹顾庵、沈绎堂相唱酬。牧斋读其诗"文繁理富，佩实衔华，感时之作，怆恻于杜陵，缘情之什，缠绵于义山。"而赵执信作《谈龙录》，诋其缥缈无著，袁子才谓其主修饰而略性情；然其所选《三昧集》中，不取李杜，而录王维独多，可以想见其微旨矣。兹录其诗于下：

《秋柳诗》四首

> 秋来何处最消魂，残照西风白下门。
> 他日差池春燕影，只今憔悴晚烟痕。
> 愁生陌上黄骢曲，梦远江南乌夜村。
> 莫听临风三弄笛，玉关哀怨总难论。
>
> 娟娟凉露欲为霜，万缕千条拂玉塘。
> 浦里青荷中妇镜，江干黄竹女儿箱。
> 空怜板渚隋堤水，不见琅琊大道王。
> 若过洛阳风景地，含情重问永丰坊。

赵执信　　　　　　　　　　赵执信《饴山诗集》

东风作絮糁春衣，太息萧条景物非。
扶荔宫中花事尽，灵和殿里昔人稀。
相逢南雁皆愁侣，好语西乌莫夜飞。
往日风流问枚叔，梁园回首素心违。

桃根桃叶镇相怜，眺尽平芜欲化烟。
秋色向人犹旖旎，春闺曾与致缠绵。
新愁帝子悲今日，旧事公孙忆往年。
记否青门珠络鼓，松枝相映夕阳边。

　　朱彝尊与渔洋齐名，其诗兼擅众体，颉颃施宋之间，以诗文鸣于江左。彝尊，字锡鬯，号竹垞，浙江秀水人。康熙时举博学鸿词。尝谓诗人须本经史，否则浅陋剽袭而已。其诗笼罩百家，与渔洋并峙南北为二大宗，故有朱贪多，王爱好之称。当时与渔洋角逐者，有宋荦（字牧仲，号漫堂）、田雯（字紫纶，号山姜子）、彭孙遹（字骏孙，号羡门）、查慎行（字悔余，晚号初白）诸人。比渔洋稍后，而足以步武渔洋者则陈元孝（恭尹）、屈翁山（大均）、梁药亭（佩兰）三人，当时号为岭南三家。出渔洋之门而足为一代诗豪者，则有梅庚、洪昇、吴雯、刘大勤、史申义、汤右曾诸人。此外如曹实庵（贞吉）、颜修来（光敏），及渔洋兄弟士禄（字子底，号西樵）、士祐（字子测，号东亭）亦皆一时之选，渔洋尝著《感旧集》，录并世诗人略备，兹不一一具述。至荔裳、愚山则与丁药园、张谯明、严灏亭、周釜山、赵锦帆诸人，号称燕台七子，而药园又与同里陆圻、孙治、沈谦、毛先舒、柴绍炳、张纲孙、吴百朋、虞黄昊、陈廷会诸人，号西泠十子。此外如梅清、高咏、袁启旭辈，亦铮铮一时者也。

渔洋之诗去王，李之肤廓，钟、谭之纤仄，而主神韵，然犹不免于模拟也。故赵执信《谈龙录》中，诋为清之李于鳞（攀龙）。执信，字伸符，号秋谷，山东益都人。康熙时进士，官左春坊右赞善，著有《饴山诗集》，其诗以思路巉刻为宗。罢官后，江湖浪迹，其感慨无聊，抑郁不平之概，时露于诗中。又同时学者，方奉阮亭为山斗，而秋谷与相龃龉故，诗中亦时见讽刺语，然町畦独辟，笔墨戞然傲人，与阮亭固异曲同工也。然阮亭之诗，易流于肤廓，秋谷之诗，易流于纤小，又各有所短也。兹录其七言律诗一首于下：

《即日言怀》

晓霁新篁翠欲浮，遥山入户伴人幽。
梦抛溟海三千里，身耐霜风七十秋。
老骥不充中下驷，虚舡犹避去来舟。
大通有路无缘进，日日心斋坐自愁。

乾嘉之时，阮亭神韵之说，渐为时人所厌弃，于是翁方纲、袁枚、蒋士铨、赵翼、黄景仁、沈德潜诸人出，或倡性灵，或主格调，诗风乃为之一变。

翁方纲，字正三，号覃溪，大兴人，其诗宗江西派，与袁沈二家又不同，惟其不主张神韵之说，则相同也。尝谓："渔洋拈神韵二字，固为超妙，但其弊恐流为空调。"故覃溪之诗，能以实救虚，不蹈神韵派之覆辙也。

袁枚，字子才，号简斋，又号随园，钱塘人。与蒋士铨（字心余，一字苕生，号清容）、赵翼（字云崧，号瓯北）称为江左三大家，又与纪昀（号晓岚，河间人）称南袁北纪。

翁方纲

纪昀

袁枚《随园食单》

其论诗主性灵，与阮亭神韵之说相反，纵才所至，凡世人所欲言而不能达者，悉能达之。然诗体往往流于谐谑，不无轻佻之弊。瓯北则亦犯此病。人或评其诗曰："虽不及杜子美，已过杨诚斋矣。"瓯北傲然曰："吾自为赵诗耳，安知唐宋！"苕生善为长歌，凄怆激楚，使人雪涕，盖与袁、赵之诗又有不同。洪亮吉论三人之诗云："袁简斋如通天神狐，醉后露尾；赵云崧如东方正谏，时带谐谑；蒋心余如剑侠入道，尚余杀机。"兹录三人之诗于下：

袁枚《秦中杂感》八首录一

> 高登秦岭望褒斜，钟鼓楼空噪暮鸦。
> 古井照残宫殿影，书堂吹入战场沙。
> 贺兰风信三边笛，杜曲霜痕九塞花。
> 每欲凭栏怕惆怅，二千年是帝王家。

赵翼《题蒋心余归舟安稳图》二首

> 桃花贴浪柳垂堤，一叶扁舟老幼齐。
> 难得全家总高致，介之推母伯鸾妻。
>
> 采石矶头片月高，一千年后少诗豪。
> 知君醉酒江天夕，尚有平生宫锦袍。

蒋士铨《题文信国遗像》

> 遗世独立公之容，大节不夺公之忠。
> 天已厌宋犹生公，一代正气持其终。
> 小人纷纷作丞辅，公不见用且歌舞。
> 朝廷相公国已亡，六尺之孤是何主？
> 出入万死身提戈，天意不属尚奈何！
> 十载幽囚就柴市，毅魄且欲收山河。

> 节义文章皆可考，状元宰相如公少。
>
> 山中谁救六陵移，地下真断一身了。
>
> 乱亡无补心可怜，天以臣节烦公肩。
>
> 不然狗彘草间活，借口顺运谋身全。
>
> 俎豆忠贞遂公志，岭上梅花公再世。
>
> 乡人谁复继前贤？一拜须眉一流涕。

　　沈德潜，字确士，号归愚，长洲人。年六十六始举于乡。自是累进，官至礼部侍郎，乾隆（高宗）时恩赏优异，卒后，谥文悫。后因徐述夔所著《一柱楼集》诗词悖逆，被奸告，集中有德潜所作传，遂追夺其阶衔祠谥。其诗讲究格律，尝曰："诗以声为用者也，其微妙在抑扬抗坠之间。"又曰："诗贵性情，亦须论法，乱杂无法，非诗也；然所谓法者，行所不得不行，止所不得不止，而起伏照应，承接转换，自神明变化于其中，若泥定此处应如何，彼处应如何，不以意运法，转以意从法，则死法矣。"当时从之者有盛锦、周准、陈樾、顾诒禄诸人，其后更有王鸣盛、钱大昕、曹仁虎、王昶、黄文运、赵文哲、吴泰来（吴中七子）诸人，而再传弟子及私淑弟子亦分布大江南北，其声望可与阮亭后先辉映也。而宠眷之隆则过之，乾隆序其《归愚诗集》云："远陶铸乎李杜，近伯仲乎高（青丘）王（渔洋）。"盖以其诗为今世之非常者也。

　　乾嘉之时，诗人项背相望，除上述以外，如大兴舒位、秀水王昙、昭文孙源湘，号称三君。顺德黎简、张锦芳、黄丹书及番禺吕坚，号称岭南四家。而锦芳又与胡亦常、冯敏昌号称岭南三子，而仁和杭世骏大宗，号董浦，其诗极为齐次风所爱赏，致与苏诗合刻为《苏杭集句》。而钱塘厉鹗太鸿，号樊榭，又能自树一帜，主盟坛坫者数十年。此外若彭端淑、张问陶、洪亮吉、杨芳灿、杨揆、金农、吴锡麒、郭麐、曾燠、吴嵩梁、邓显鹤、欧阳辂、赵青藜、吴蔚、黄景仁、陈文述诸人，亦皆能列宿词坛，风靡一时也。其余作者尚多，不能一一尽述矣。嘉庆（仁宗）以后，诗学日衰，及仁和龚自珍（字璱人，号定庵）出，诗文一变为诡奇而多霸气，其后曾国藩（字伯涵，号涤生）、吴树敏（字南屏）又出而创复古之说。

　　同光（穆宗同治，德宗光绪）以来，范当世（字伯子）、陈三立（字伯严）等，亦竞以诗名，号为同光派，而黄遵宪（字公度）独以新思想融化入诗。然当时宋诗大盛，能以《骚选》盛唐为倡，极力摹仿汉魏之作者，则惟王闿连（字壬秋，号湘绮，湖南长沙人）一人而已。他如樊增祥（字嘉父，号樊山）则宗晚唐，与同光派分道扬镳。易顺鼎（字实甫，号哭庵）则又放荡不羁，趣重性灵一派。总之此时之诗人，非失之奇奥而带霸气，即失之取媚而患枯涩，所谓亡国之音哀以思，怨而怒，国运不振，人心因之，此诗学所以日衰也。清代诗人，多选刊前代之诗，学者便之。至诗话之书，则有王阮亭之《渔洋诗话》，袁子才之《随园诗话》，赵瓯北之《十家诗话》，皆其著者也，其余或汇刊前代，或专记一朝，则非本编所能尽述，故略而不载矣。

第十一节　近代诗学之趋势

诗学之衰，自元明以至于清，盖六百五十余年矣。然穷则思变，于天下万事万物，无不然也。故诗至民国初元，乃有旧诗、新诗之分：旧诗者，指以前之古体，近体之诗也；新诗者，即所谓白话诗也。昔苏东坡云："诗须有为而作。"元遗山云："纵横正有凌云笔，俯仰随人亦可怜。"而《怀麓堂诗话》亦云："作诗必使老妪能解，固不可。然必使士大夫读而不能解，亦何故耶？"章实斋序《陈东浦方伯诗》云："古诗去其音节铿锵，律诗去其声病对偶，且并去其谋篇用事琢句炼字一切工艺之法，而令翻译者流，但取诗之意义演为通俗语言，此中果有卓然其不可及，迥然其不同于人者，斯可以入作家之选。苟去是数者，而枵然一无所有，是工艺而非诗。"今日提倡诗体解放者，实与此数家之言相暗合者也。盖诗乃由于人之真性情流露而出，非矫揉造作以为工也。

然至六朝而渐有雕琢生硬之病，至唐而重尚格调，爱用典故，拘束益多，至宋而爱对仗，杂考据，中病益深，自是而后，自然之风度愈失，而诗之品格亦愈下矣。后之为诗者，日惟装腔做势，曰我法某家，曰此是某体，以能摹仿为高，诗之真境，盖全失矣；是以新体诗乃应运而生，以浅显之笔墨，发挥人之真性情，或描写世间万有之状况，其活泼而流动，实较旧体诗为有味。且能普及于一般人民，非如旧体诗之仅为文人所专用，不能融化许多新思想于其中，徒以运用典古为尚也。故提倡新体诗者之言曰，新体诗者；由贵族的解放而为平民的，曰雕饰的解放而为自然的，由陈腐枯死的解放而为新鲜生动的，一以自然之天籁为归宿，无论为舒情，为咏物，绝无神祕之臭味，自骄之态度者也。然一入闾里小知之士，则以为藩

篱尽破，随口乱写，不以审慎出之，见之者但觉符号分明，而读之者未有
不弃卷而叹；盖真诚之感想，深刻之意境，均空焉无有，即新诗艺术上之
价值，亦尽消失，是以颇为世所诟病也。盖诗之产生，其一由于情真所至，
偶然脱口而出，其一由于修养既深，用高超之艺术手段以写出。凡此二者，
无论为新体诗为旧体诗，莫不如是也。故在今而欲作新体诗，当用真正之
思想，深挚之情感，而后发挥之；其情景务求真实，音节务求调和，以自
然审美为目的，以不受拘束，不减风韵为归宿，如是乃可有浑脱自然之佳什，
而诗学之解放乃能有成功。此学者所不可不知也。

第 三 章
研究诗学之方法

第一节　研究诗学之要点

前人云："文以载道，诗以言志。"故诗与文，虽同为一种发表吾人思想之工具，而实各不相同也。夫诗之优点，重在含蓄，非如文之可以尽情说破也。是以艺术方面尤须注意。兹择研究要点，分述于下：

一、时代方面

诗因时代而变迁，后人读之，可以考知当时民族之特性，与社会之风俗。就三百篇而论，如郑卫风俗淫靡，多言情之诗，东周衰弱不振，多愤世忧辞之作；唐风节俭，多朴实无华之辞；秦俗好战，多乐战从军之什，此皆作者因民俗精神时代环境之关系，乃不自觉而流露于字里行间也。

二、作者方面

时代与作品关系，既如上述，而作者之个人，与作品亦有密切之关系；如李白天才卓绝，豪放不羁，故其诗多天籁自然；杜甫穷愁潦倒，一生不遇，

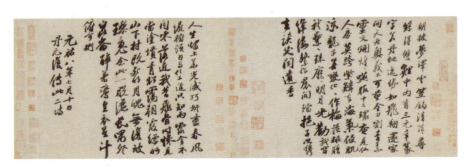

苏轼《李白仙诗卷》手迹

故其诗多悲壮感愤；此盖以作者之身世与哲学之不同，故其心灵中所发生之思想，亦常常形诸笔墨，此研究诗学者所不可不知也。

三、艺术方面

诗本为表示我人心灵之工具，不必过事文饰，然苟无艺术的手腕，用以点染，决不能引起一种美感也。是以我人作诗：第一当根据情感，使人读之，能起同情之感想；第二当注意思想，凡事实，命意，宜普遍，宜合理，宜合乎人生观。第三注重描写，无论个人、团体、物体，以及事实、环境等，俱宜用精细深刻之笔，一一写出，而又不可一无含蓄，致减损诗意。至于辞句音调方面，则尤须注意，亦自然，亦有美感，斯为上乘。学者苟有此艺术思想，则作诗必能有所成就也。

四、注重创作

我国诗学之不进，由于专事模仿，但求令古，于是无病呻吟之作，连篇累牍，层出不穷，徒令后之读者，枉费时日，以读其著作，于诗学上实毫无创见也。是以今后我人苟有著作，当从事创造，盖人类心中，无人不有诗脉，苟善为发表，未有不成佳什，我人何必自汨没其性灵，而一意模仿前人之作以为高哉？若夫废弃音韵，漫无格律，而亦以新诗自命，则毋宁并诗之一字，亦屏弃不用，而另创一新名辞，以冀于文学范围中占一席地位，犹何必貌合神离，掠取诗之一字耶？

第二节　作诗之入手法

古今诗话中，论作诗之法者甚多，学者如欲深造，可备前人所著之诗话，以资观摩，兹为便利初学者入手起见，择要分列于下，末更附徐而菴先生《论诗七则》以备学者采择焉。

一、明读法

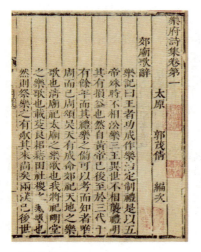

《乐府诗集》

陈绎曾《诗谱》云："凡读汉诗，先真实，后文华。凡读《建安诗》，于文华中取真实。凡读《文选诗》分三节，东京以下主情，建安以下主意，三谢以下主辞，齐梁诸家，五言未成律体，七言乃多古制。汉《乐府》真情自然，但不能中节合度。"此就大体而言之也。此外又有合读、急读、分读、缓读诸法；合读、急读者，乃一气浑成，上下连贯，绝无滞机，并非不分句读之谓也。分读、缓读者，乃于凝练之处，略作顿逗，而以曼声出之，并非上下隔绝，不顾全局之意也。至若就句法而论，如五言句有上一下四（如地犹邹氏邑，宅即鲁王宫），上二下三（如日华川上动，风光草际浮），上四下一（如露从今夜白，月是故乡明），三种句法，于读时须将第二字略一顿挫，至第四字则又曼声引长，缓缓出第五字，不论何种句法，不论为律为绝，皆当如此。

如七言句有上二下五句法（如不贪夜识金银气，远害朝看麋鹿游），读时于第二字读出之后，略下逗顿，再接下五字。有上四下三句法（如金马朝回门似水，碧溪天远路如年），读时于第四字略一顿逗，然后再接下三字。其余句法虽多，然读法总不出上述几个法则，心领神会，全在熟读深思而已。

二、辨章法

诗与文，同有起、承、转、合诸法。但诗之章法，与文稍异。诗之起，须如开门见山，突兀峥嵘；或如闲云出岫，轻逸自在。承处须如草蛇灰线，不即不离。转处须如洪波万顷，必有高源。合处须如风回气聚，渊泳含蓄。至若起句有对景兴起，有比起，有引事起，有就题起诸法；承句有写意、写景、书事、引证诸法，要以能接破题句为合法；转句亦有写意、写景、书事、引证诸法，然以能与前联相应相结为合法。合句或就题结，或用事结，或开一步，或缴前联之意，或放一句作散场，均无不可，要以言有尽而意无穷为上乘。绝诗第一句为起，第二句为承，第三句为转，第四句为合。律诗一二句为起（即起联），三四句为承（即颔联），五六句为转（即颈联），七八句为合（即结句）。学者苟能于章法上加以本味，则格调自能圆转矣。

三、熟四声

四声者，平上去入是也。诗法中调四声之法，极为简单，盖除平声以外，上去入三声，皆为仄声也（但平声中又有阴平、阳平之别）。初学者苟能按韵以为诗，则自不至差误。至四声分辨之法，当于《音韵常识》中详言之，兹为便利学者起见，择要分列于下：

1. 辨四声歌诀

平声平道莫低昂　平声之字，尾声可长读而无低昂。

上声高呼猛力强　上声之字，响亮而无尾声。

去声分明哀远道　去声之字，尾声哀远而短。

入声短促急收藏　入声之字，木实而无尾声。

2. 四声练习法

（甲）喉部之音
　　（平）　（上）　（去）　（入）
　　　杭　　　项　　　巷　　　匣

（乙）舌部之音
　　（平）　（上）　（去）　（入）
　　　端　　　短　　　簖　　　掇　　（舌端音）
　　（平）　（上）　（去）　（入）
　　　来　　　览　　　滥　　　勒　　（半舌音）

（丙）唇部之音
　　（平）　（上）　（去）　（入）
　　　非　　　菲　　　废　　　弗　　（轻唇音）
　　（平）　（上）　（去）　（入）
　　　冰　　　并　　　病　　　帛　　（重唇音）

（丁）齿部之音
　　（平）　（上）　（去）　（入）
　　　溪　　　起　　　去　　　乞　　（牙音）
　　（平）　（上）　（去）　（入）
　　　精　　　井　　　进　　　即　　（齿头音）
　　（平）　（上）　（去）　（入）
　　　申　　　审　　　圣　　　设　　（正齿音）
　　（平）　（上）　（去）　（入）
　　　时　　　是　　　树　　　日　　（半齿音）

四、排对偶

　　律诗中之四句，往往重对偶，二句或言情，二句或言景，均可随时斟酌。至详论对法，则始于上官仪，至沈宋则益精。上官仪有"六对""八对"之分，前章已述之，兹将诗家所艳称之《诗对十三法》，摘录于下，以备一格，学者苟能一隅三反，为用无穷矣。（或谓律诗不拘对偶，只要合平仄，盖其所谓律，范围极广。）

1. 实字对

九天阊阖开宫殿　万国衣冠拜冕旒

2. 虚字对

若教解语应倾国　任是无情也动人

3. 奇健对

数着残棋江上晓　一声长啸海山秋

4. 错综对

香稻啄余鹦鹉粒　碧梧栖老凤凰枝

5. 连珠对

穿花蛱蝶深深见　点水蜻蜓款款飞

6. 人物对

黄公石上三芝秀　陶令门前五柳春

7. 鸟兽对

旅梦乱随蝴蝶散　离魂远逐杜鹃飞

8. 花木对

春露已凋秦甸柳　白云应长越山薇

9. 数目对

百年莫惜千回醉　一盏能消万古愁

10. 巧变对

桃花细逐杨花落　黄鸟时兼白鸟飞

11. 流水对

但将酩酊酬佳节　不用登临叹落晖

12. 情景对

林间竹有湘妃泪　窗外禽多杜宇魂

13. 怀古对

吴宫花草埋幽径　晋代衣冠成古丘

注：○为对之记号

五、黏韵脚

黏韵之法，不外押韵及转韵二法。押韵之法，古体诗惟柏梁体句句押韵，五古第一句不韵，七古第一句即用韵，其余皆一句间一韵，但亦有变者，如上两句不押，三句方押；亦有三句连押者。至通用之韵，律诗、绝诗，均不可借；惟律诗中进退格之诗则可通用（如一二句用一先韵，三四句用十一真韵，五六句又用一先韵，七八句又用十一真韵，此法盖创自白居易），古体诗，则凡属通用之韵，均可随意用也。

转韵之法，只限于古体诗，所谓转韵者，即诗中每小段结束，即可另起波澜，换押他韵，但字句必彼此平匀（如六句，前韵两句，后韵四句；十句前韵四句，后韵六句）。又如长庆体、梅村体，纯用平仄相间之法，不用平转平，仄转仄，余体则可随意也。

至若用韵之法则有八戒：即戒凑韵、戒落韵、戒重韵、戒倒韵、戒用哑韵、戒用同义之韵、戒用字同义异之韵、戒用僻韵是也（可参观《最浅学诗法》）。又如赓和之诗，有所谓次韵、依韵、用韵之别：次韵（即步韵或叠韵）者，即和其原韵而先后次第皆依之也，可书曰次某人原韵，或某以诗见示，即次其韵，依韵答之，或即步其韵。依韵者（即和某某韵），就他人所押之韵目而押之，不必用其字也。用韵者，即用其原韵，而先后不必次也。

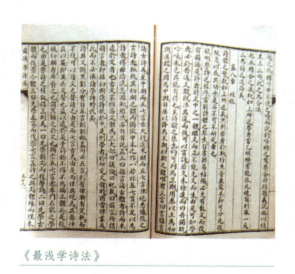

《最浅学诗法》

六、诗之忌病

诗有八病、五忌之说，八病之说，创于沈休文，其中惟上尾，鹤膝最忌，余病皆通。五忌之说，则为通常所宜留意，兹分述于下：

（一）八病

1. 平头

第一字不得与第六字同声，第二字不得与第七字同声；如"今日良宴会，欢乐难具陈。""今""欢"字同声，"日""乐"字同声也。

2. 上尾

第五字不得与第十字同声；如"西北有高楼，上与浮云齐。""楼""齐"同声也。

3. 蜂腰

第二字不得与第五字同声，两头大，中心细，似"蜂腰"也；如闻君爱我甘，切欲自修"饰"。"君""甘"字平声，"欲""饰"字入声，皆同声也。

4. 鹤膝

第五字不得与第十字同声，所以两头细，中间粗，如"鹤膝"也；如"客从远方来，遗我一书札；上言长相思，下言久离别。""来""思"皆平声也。

5. 大韵

重叠相犯如五言诗以"新"字为韵者，九字内若用"津""人"字为"大韵"病；如"胡姬年十五，春日独当垆""胡""垆"字同声也。

6. 小韵

除本韵外，九字中不得有两字同韵，如"客子已乖离，那宜远相送。""子""已""离""宜"皆同韵。"小韵"五字内最忌，九字内稍缓。

7. 正纽

"壬""纴""任""人"一纽。一句内有壬字，更不得犯"纴""任""人"字也；如"我本汉家女，来嫁单于庭。""冢""嫁"系"正纽"也。

8. 旁纽

五言诗一句内有月字，更不可用"元"'阮'"愿"字，此是"双声"，即旁纽也。如"丈夫且安坐，梁尘将欲起。""丈""梁"即为犯"旁纽"病。五字中急；十字中稍缓。

（二）五忌

一曰格弱　格弱则诗不老，故须句句无懈可击。

二曰字俗　字俗则诗不清，故下字须典雅而有来历。

三曰才浮　才浮则诗不雅，故贵藏才不露，含意不尽。

四曰理短　理短则诗不深，故贵理由充足，毫不牵强。

五曰意杂　意杂则诗不纯，故须一丝到底，如连理贯穿。

他如绝诗忌可加可减，可多可少，可彼可此，可上可下。律诗忌不工，不贯，不自然，不典雅。其余忌病尚多，初学者似可不必顾问，盖一顾问，则处处荆棘，令人无从下手矣。

七、学习先后

学诗大都先学古体诗，后学近体诗，如是则取法既高，风格自然不弱。至五言与七言，则又大都先五言而后七言，盖以字数较少也。至若律诗、绝诗之先后，则又大都先绝诗而后律诗，盖绝诗无须对偶，便于初学也。

八、论诗七则

徐而菴先生有《论诗七则》，可为学者之津梁，今录于下：

作诗之道有三：曰"寄趣"，曰"体裁"，曰"脱化"；夫北海鲸鲲，自别于兰苕翡翠，此"体裁"也。唐人应制之诗，半合于西方象教，此"寄趣"也。杜少陵之诗，从熟精《文选》之理，胎息而来，此"脱化"也。

作诗须有师承。若无师承，必须妙悟。既有师承，又有妙悟，更好，二者不可偏废也。是故由师承得者，堂构宛然；由妙悟得者，性灵独至。诗乃清华之府，众妙之门，非鄙俗秽陋之人可学；先宜洗去名利两字，天机活泼，无在不舒，而后打算学诗，得其半矣。

太白之诗，以气诗胜；子美之诗，以格律胜；摩诘之诗，以理趣胜；太白千秋逸调；子美一代规模；摩诘精"大雄"之学，词句篇章，皆合玄理，综三长而学之，无愧风雅矣；犹未也：学诗而只学诗，则非诗；学三家而只读三家之诗，亦非诗。要必天地间之一物一名，古今人之一言一动，

《国风》汉魏以来之一字一句，大而天地造化，阴阳鬼神，西方象教；小而禽兽虫鱼草木，一切皆含于胸中，充然沛然，而后因物赋形，遇题成韵，如此下笔，纯乎自然，所谓天籁也。

歌行最重顿挫，下句及承上之处，尤要警策，用意尤要整密，收纵得宜，调度合拍；譬如跳狮子，身须置在广场，锣也好，鼓也好，而后"九转三回跳出，方见全副精神。

作诗须先攻一体，而后逐体推敲，循序渐进，体体得手，方是到家。苟九分已到，独有一分工夫未到，则九分终不到也。一分者法是也，百丈纱绫，未知裁剪，海山珍错，不能调和，可乎？

学古人之诗，不可过离，亦不可过即，过离则伤法，过即则伤气；必须先从法入，后从法出，能以无法为有法，斯为"脱化"，斯为大家。

诗乃人之行略，人高则诗亦高，人俗则诗亦俗，人硬则诗亦硬，人奸则诗亦奸，一字不可掩饰。且其中须有书卷，非故意堆砌也。读书既多，下笔自成色泽，有不期然而然者；若故意为之，觉其浅矣。

第三节　诗之格式

　　诗有古体、近体之分：而古体之中，有"古风""乐府"之分；近体之中有律，有绝，其格式甚多，兹择要列下，以便初学者采择焉。

一、古体诗格式

　　古体诗中之古风体，分五古、七古两种，其诗长短不拘，自四句以至数十句不等。乐府体中，"歌""行""曲""篇""吟""骚"等名，种类更多，其长短自二三句以至数十句均可。其音调大都可谱之管弦，故亦有以乐府称之，其格式与音节，非本篇所可一一尽论。昔朱晦庵尝自言："将渊明诗平仄用字，一一依他，做到一月后，便解自做，不要他本子。"此亦一学古诗中无法之法也。今将五古、七古两体，举一格式于下：

1．五言古诗体式

　　五言古诗，不拘平仄，亦不定对偶，但每句之间，须平仄均匀，读之响亮。大概五古体诗，出句声律宜稍宽，寓意要深远，辞要温厚，雍容不迫，而有三百篇之旨。斯为佳什，兹举例一首于下：

李白《下邳圯桥怀张子房》

子房未虎啸，破产不为家。

沧海得壮士，椎秦博浪沙。

报韩虽不成，天地皆振动。

潜匿游下邳，岂曰非智勇。

我来圯桥上，怀古钦英风。

惟见碧流水，曾无黄石公。

叹息此人去，萧条徐泗空。

2. 七言古诗体式

七言古诗，其平仄对偶，不甚拘束，大抵押平韵到底者为正格，其出句住脚，但须上去入相间而忌再用平声；但亦有用仄韵到底者。且句中亦间或可以长短，又可转韵，要以开合有风度，气势要雄峻险怪，切不可庸俗软腐。兹举例一首于下：

李白《宣城谢脁楼饯别校书叔云》

弃我去者昨日之日不可留，乱我心者今日之心多烦忧。长风万里送秋雁，对此可以酣高楼。蓬莱文章建安骨，中间小谢又清发。俱怀逸兴壮思飞，欲上青天揽明月。抽刀断水水更流，举杯消愁愁更愁。人生在世不称意，明朝散发弄扁舟。

二、近体诗格式

近体诗有律、有绝。绝者，截取律之一半，其平仄完全不变也。按五言律，六朝阴铿、何逊、庾信、徐陵已开其体；至唐沈佺期、宋之问始以八句四韵定为格式。七言律为五言之变，在唐以前，沈君攸七言俪句，已肇律调，唐初始专用此体，盖律者，调平仄对偶，如去律之严也。今举其格式于下：

（甲）五言律诗格式

1. 平起式 平起顺黏式

平平仄仄平	起韵句	仄仄仄平平	反起句 叶
仄仄平平仄	黏二句	平平仄仄平	反三句 叶
平平平仄仄	黏四句	仄仄仄平平	反五句 叶
仄仄平平仄	黏六句	平平仄仄平	应起句 叶

注：下句与上句首二字平仄不同者曰反。下联首句与上联首句相同者曰黏。

2. 仄起式仄起顺黏式

仄仄仄平平	起韵句		平平仄仄平	反起句叶
平平平仄仄	黏二句		仄仄仄平平	反三句叶
仄仄平平仄	黏四句		平平仄仄平	反五句叶
平平平仄仄	黏六句		仄仄仄平平	应起句叶

3. 平起首句不入韵式黏同平起式

平平平仄仄	仄仄仄平平
仄仄平平仄	平平仄仄平
平平平仄仄	仄仄仄平平
仄仄平平仄	平平仄仄平

4. 仄起首句不入韵式黏同仄起式

仄仄平平仄	平平仄仄平
平平平仄仄	仄仄仄平平
仄仄平平仄	平平仄仄平
平平平仄仄	仄仄仄平平

（乙）七言律诗格式

1. 平起式平起顺黏式

平平仄仄仄平平	起韵句		仄仄平平仄仄平	反起句叶
仄仄平平平仄仄	黏二句		平平仄仄仄平平	反三句叶
平平仄仄平平仄	黏四句		仄仄平平仄仄平	反五句叶
仄仄平平平仄仄	黏六句		平平仄仄仄平平	应起句叶

2. 仄起式 仄起顺黏式

仄仄平平仄仄平	起韵句	平平仄仄仄平平	反起句 叶
平平仄仄平平仄	黏二句	仄仄平平仄仄平	反三句 叶
仄仄平平平仄仄	黏四句	平平仄仄仄平平	反五句 叶
平平仄仄平平仄	黏六句	仄仄平平仄仄平	应起句 叶

3. 平起首句不入韵式 黏同平起式

平平仄仄平平仄	仄仄平平仄仄平
仄仄平平平仄仄	平平仄仄仄平平
平平仄仄平平仄	仄仄平平仄仄平
仄仄平平平仄仄	平平仄仄仄平平

4. 仄起首句不入韵式 黏同仄起式

仄仄平平平仄仄	平平仄仄仄平平
平平仄仄平平仄	仄仄平平仄仄平
仄仄平平平仄仄	平平仄仄仄平平
平平仄仄平平仄	仄仄平平仄仄平

　　上列甲乙两式，均为正式。学者随口念熟，可无失黏之病，至若一三五不论，二四六分明，实非正法，初学律诗，宁勿取巧，终以少差为是。

　　五绝、七绝，乃取律诗中之任一式，而截其一半，其平仄须一字不差，乃为正法，其格式可参看上列律诗各种格式也。

　　此外如变体，如拗句，如偷春，如回文，如排律，格式尚多，初学者可暂置勿问焉。

第四节　诗书之取材

我国诗歌之书，种类极多。然学者往往多先读唐诗，甚至仅读《唐诗三百首》，即咿唔吟咏，以诗人才子自负，此元明以来之诗，所以不能高出唐人之上，而诗学亦日渐衰微而不振也。兹将历代诗书，择要列下，以备初学者采择焉。

《诗经》

此书于《经学常识》已行列入，但是书实为一部古代诗选，研究诗学者亦不可不读。其古逸诗王应麟及丁晏均有纂辑，冯惟纳之《古诗记》，其所搜古逸诗亦不少。陈奂《毛氏传疏》虽精，但专守毛说。马瑞辰《诗传笺通释》，兼参毛郑，诠释极新颖。陈乔枞《三家诗遗说》，读之颇可以见《诗经》文学之妙。

《全汉三国晋南北朝诗》丁福保编

《乐府诗集》宋郭茂倩编

此书搜罗汉以后之诗歌颇多。明梅鼎祚有《古乐苑》，补郭本之缺，但无流传。

《玉台新咏》陈徐陵编

是书专辑言情之诗，纪容舒有《玉台新咏考异》。

《古诗选》清王士祯选闻人倓笺

沈德潜有《古诗源》，与此书性质相同，初学古诗，可先读此书。

《全唐诗》清曹寅等编

宋计有功有《唐诗纪事》，性质与此书相同。至若唐诗选本则极多；宋王安石《唐诗百家选》，清沈德潜《唐诗别裁》，初学均不可不备也。

《全五代诗》清李调元编

　　五代诗学不振，录此书以备一格耳。

《宋诗钞》清吴之振、吕留良编

　　管庭芳有《宋诗钞补》。厉鹗之《宋诗纪事》，性质与此书相同。

《元诗选》清顾嗣立编

《明诗综》清朱彝尊编

　　陈田有《明诗纪事》，性质与此书相仿佛。

《清朝六家诗钞》清刘执玉编

《近代诗钞》陈衍编

　　此外如钱谦益编有《列朝诗集》，曾国藩有《十八家诗钞》，王闿运有《八代诗选》，选择均甚精。

　　以上总集类。

《曹子建集》魏曹植著

　　丁晏有《曹集诠评》

《陶渊明集》晋陶潜著

　　陶澍有《靖节先生集注》，曹耀湘有《陶集集注》。

《谢康乐集》宋谢灵运著

《谢宣城集》齐谢朓著

《鲍参军集》宋鲍照著

《江文通集》梁江淹著　胡人骥有《江文通集汇注》

《庾子山集》北周庾信著　倪璠有《庾子山集注》

《徐孝穆集》陈徐陵著　吴兆宜有《徐孝穆集笺注》

《李太白集》唐李白著　王琦有《李太白集注》

《杜工部集》唐杜甫著　仇兆鳌有《杜诗详注》

《王右丞集》唐王维著　赵殿成有《右丞集注》

《孟襄阳集》唐孟浩然著

《韦苏州集》唐韦应物著

《李文公集》唐李翱著

《柳河东集》唐柳宗元著　蒋之翘有《柳集辑注》

《李长吉歌诗》唐李贺著　王琦有《汇解》

《昌黎诗笺注》唐韩愈著　顾嗣立注 黄钺有《昌黎诗增注证讹》

《玉溪生诗集》唐李商隐著　冯浩有《玉溪生诗详注》

《温飞卿集》唐温庭筠著　曾益注、顾予咸补

　　温、李之诗，多言情之作，称为香奁体。

《苏东坡诗集》宋苏轼著

　　冯应榴《苏诗合注》，王文诰《苏诗编注集成》甚详备，又纪昀评《苏诗》甚佳，赵古农辑《纪批苏诗择粹》尤简要。

《王荆公诗集》宋王安石著　李璧有《王荆公诗注》。

《剑南诗稿》宋陆游著

《山谷》《内集》《外集》宋黄庭坚著

　　黄诗不足学，举此以为江西一派之代表。

《元遗山诗集》金元好问著　施国祁有《遗山诗注》

《铁崖古乐府》元杨维祯著　卜瀣有《铁崖古乐府注》

《石湖诗集》

《高青丘诗集》明高启著　金坛有《青丘诗集注》

《空同诗集》明李梦阳著

《吴梅村诗集》清吴伟业著　靳荣藩有《吴诗集览》

《王渔洋诗集》清王士祯著

　　唐王辋川、孟襄阳，宋范石湖（有《石湖诗集》），明高青丘以及清王渔洋之诗，皆以写景为最佳。

　　以上所举各家集，间有诗文合刊在一本者，学者宜分别以观。

　　以上专集类。

《文心雕龙》梁刘勰著

　　此诗虽多论文，然如体性、通变、情采、比兴、物色、丽辞等篇，皆论诗法也，故亦采入。

《诗品》梁钟嵘著

《沧浪诗话》宋严羽著　与《渔洋诗话》同以为禅宗论诗之书。

《苕溪渔隐丛话》宋胡仔著

《诗人玉屑》宋魏庆之著

　　若欲偏观各家诗评之书，可备何文焕之《历代诗话》（系汇刻前人之诗话，共二十八种，末附自著一种）、丁福保之《续历代诗话》及吴景旭之《历代诗话》，其余如清代《渔洋诗话》《随园诗话》等，皆可一看。

　　以上诗评类。

《增广诗韵全璧》清汤文潞编

　　惜花主人附《初学检韵》。是书较《诗韵集成》尤为完备，盖最晚出之书也。

　　以上韵书类。

《诗学常识》终

第四章
词学总说

词学常识提要

　　词者诗之余，为长短句之变体。惟因其可被诸管弦，故须按谱而填。本书关于词之起源，以及词与诗乐曲之关系，历代词学之变迁，均详细叙明。末附填词之方法，及词谱词韵，以备研究词学者知所取法焉。

第一节　词之意义及其起源

《说文》云："词者，意内而言外也。从言从司。"《释名》曰："词，嗣也，令撰善言相嗣续也。"此古人释词字之义，而非吾人所欲知"填词之词"之意义也。兹将古人所论"填词之词"之意义分述于下：

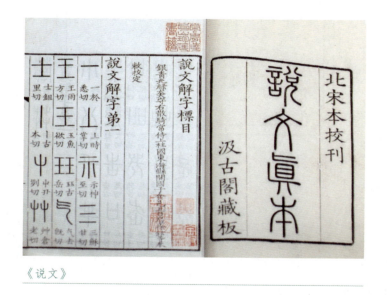

《说文》

彭孙遹《词统源流》"以词之长短错落，发源于三百篇"。《艺苑卮言》曰："词者，乐府之变也。"张皋文曰："词者，盖出于唐之诗人采乐府之音，以制新律，因系其词。"徐伯鲁曰："诗余谓之填词。"

综观各家之说，其论词也，可括之为三：一曰，词者，雅颂之遗音；一曰，词者，乐府之变；一曰，词者，诗之余。其实词者，上承诗与乐府，下启曲，

《释名》

张臯文手迹

为韵文之一种，其辞句长短互用，稍近于言语之自然；比之绝句，则更宛转而能八音克谐，比之于曲，则无曲之嘈杂凄紧缓急而徒以快耳为也。

考词之起源，由来甚远。汪森（晋贤）序朱竹垞《词综》云："自有

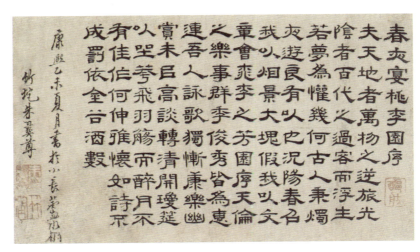

朱竹垞手迹

《国朝词综》

诗而长短句即寓焉；《南风之操》《五子之歌》是已；周之《颂》三十一篇，长短句居十；汉《郊祀歌》十九篇，长短句居其五；至《短箫铙歌》十八篇，篇皆长短句，谓非词之源乎？迄于六代，《江南采莲》诸曲，去倚声不远，其不即变为词者，四声犹未谐畅也。自古诗变为近体，而五七言绝句传于伶官乐部，长短句无所依，则不得不更为词。当开元盛日，王之涣、高适、王昌龄诗句流播旗亭，而李白《菩萨蛮》等词，亦被之歌曲；古诗之于乐府，近体之于词，分镳并骋，非有先后；谓诗降为词，以词为诗之余，殆非通论矣。"王昶（述菴）《国朝词综》序云："词实继古诗而作，而诗本于乐，乐本于音，音有清浊高下轻重抑扬之别，乃为五音十二律以著之。非句有长短，无以宣其气，而达其音。故孔颖达《诗正义》，谓'风''雅''颂'有一二字为句，及至七八字为句者，所以和八声而无不协也。三百篇后，《楚辞》亦以长短为声，至汉《郊祀歌》《铙吹曲》《房中歌》，莫不皆然；苏李诗出，书以五言，而唐时优伶所歌，则七言绝句，其余皆不入乐，李太白、张志和始为词以续乐府之后；不知者谓诗之变，而其实诗之正也；由唐而宋，多取词入于乐府，不知者谓乐之变，而其实词正所以合乐。且夫太白之'西风残照，汉家陵阙'，《黍离行迈》之意也；志和之'桃花流水'，《考槃衡门》之旨也；嗣是温岐、韩偓诸人，稍及闺禤，然乐而不淫，怨而不怒，亦犹是《摽梅蔓草》之意，至柳耆卿、黄山谷辈，然后多出于亵狎，是岂长短句之正哉？"此言词之起源也。

总之词者，滥觞于李唐，滋衍于五代，而造极于两宋；若论其体例，则具于齐梁之时；考其名称，则肇于炎汉之际；按其音律，则远自三百篇；惟以数典太远，故后人多以李白之《菩萨蛮》《忆秦娥》二阕，为百代词调之祖也。若欲穷其源流，考其变迁，则当于下节详述之。

第二节　词调之渊源及词之沿革

　　古时诗乐并重，降及秦汉之际，六经遂亡，汉乃设乐府之官，歌咏杂兴，犹有先王乐教之意；然东汉以后，乐府之音节，渐归澌灭，曹子建已患其难识，彼建安七子，虽雄于词章，而可被之管弦者，实寥寥也。故汉代雅乐之存，不过《鹿鸣》《驺虞》《伐檀》《文王》四篇，而李延年之徒，以歌被宠，复改易音节，止存《鹿鸣》一曲，其他如《短箫铙歌》乐曲，亦仅有《朱鹭》《艾如张》《上之回》《战城南》《将进酒》等二十二曲，晋兴又尽改之，存着惟《玄云》《钓竿》二曲而已。自晋以后，古乐尽亡，于是新声乃起；宋少帝则有新制三十六曲（即《中朝曲》是也），齐谢朓有《随王鼓吹曲》（凡十叠，一曰《元会》，二曰《郊祀》，三曰《钓天》，四曰《入朝》，五曰《出藩》，六曰《校猎》，七曰《从戎》，八曰《送远》，九曰《登山》，十月《溪水》），梁武帝则有《江南七弄》（一曰《江南》，二曰《龙笛》，三曰《采莲》，四曰《凤笙》，五曰《采菱》，六曰《游女》，七曰《朝

《将进酒》

云》。其第一由云：众花杂色满上林，
舒芳耀绿垂轻阴，连手蹙蹀舞春心；
舞春心，临岁腴，中人望，独踟蹰。），
又有《上云七曲》（一曰《凤台》，
二曰《桐柏》，三曰《方丈》，四曰《方
诸》，五曰《玉龟》，六曰《金丹》，
七曰《金陵》），而沈约亦有《凤瑟
曲》《秦筝曲》《朝云曲》《阳春曲》
《携手曲》《夜夜曲》等，陈后主则
有《玉树后庭花》，隋炀帝则有《望
江南词》《夜饮朝眠曲》，他如王令
言有《安公子曲》，王睿有《迎神送
神曲》，而《白雪》《公莫舞》《巴渝》《亡苦》《子夜》《团扇》《懊
侬》《莫愁》《杨叛儿》《乌夜啼》等曲，亦盛行当世，盖皆词之滥觞也。

御容　帝昺

宋少帝赵昺

至于唐代，盛传外国之乐，故唐十部乐中，为中国本土之音，惟《清商曲辞》
所遗之清乐而已，其余有采用凉州伊州甘州，天竺高丽龟兹，安西疏勒，
高昌康国等音，故天宝之末，明皇诏《道调》《法曲》，与胡部新声合
作；是盖由系于《清商乐》之绝句，过于单调，不得不调以外国之乐律，
以求谐协，于是绝句一体，大有诗乐一致之势，然乐曲概长，以绝句而
欲求节奏之和叶，不得不于字间加散声，于句里插和声，以为救济之法；
迨学士大夫，审音既熟，乃以曲谱为基础，散声和声，俱填以实字，由
是五七言绝句，句法遂有长短，所谓填词是也。然当时如李白之《清平调》，
犹未脱七言绝句之体，迨作《菩萨蛮》，始破五七言之体，其起二句为七言，
其余皆为五言；《忆秦娥》则以七言而杂三四言；张子和之《渔歌子》，
则又将七言绝句而截去一字者也；自是以后，作词者靡然风从，然据《全
唐词》所载，多为小令，其长者惟杜牧之《八六子》有九十二字，蜀尹
鹗之《金浮图》有九十六字，无名氏之《隹游春水》有九十一字；盖以
当时不著为国家功令，但付梨园，故作者仅出其余绪为之耳。五代之时，

词学日盛，赵崇祚辑《花间集》，所收至五百余首，亦可见当时作者之多矣。惜乎皆为淫靡哀怨之词，所谓亡国之音哀以思也。至于赵宋，以词为乐章，因之更大进步，推阐极至，于小令、中调以外，更添长调，于是其体大备，是为词学极盛时代。金元入主，楚词为曲，词学乃衰，然词曲本为一体，能曲者皆能为词，故当时词家，如吴彦高、蔡伯坚、元好问、赵孟頫等，亦有八十余人之多。朱明一代，词人不下三百余家，而自永乐以还，南宋诸家名词，反不显于世，惟《花间草堂》诸集盛行，其能步武前哲，惟李桢、瞿祐、张肯之流耳。及至崇祯之间，陈子龙崛起华亭，为一代词人之冠，然总有明一代观之，小令中调，虽有可取，而长调则都涉于浮靡，甚至如钱塘、马浩、澜洪，以花影妖淫之词，亦居然名著东南，词风颓丧，于此极矣。清初如吴梅村、钱牧斋、王士祯诸人，新词竞唱，不减元明；惟是科举方盛，学者皆留心帖括，无暇顾及，然如朱竹垞、张皋文辈，皆能各树一帜，为一代词宗，流风所扇，直至道咸之际，其风犹未衰也。盖当时朝廷虽重科举，而学者大都能倚声填词，故可谓词学之复兴时代，迨咸同以后，此风渐衰，盖学者大都不明音律，虽有佳作，亦皆貌合神离，不能协律，未足以备乐章之用矣。

第三节　词之体例

　　词之体例，较诗为丛杂；其在唐初，皆为五言或七言，初无长短句之分，中叶以后，至于五代，始变成长短句，句之短者，有仅一字或二字，其长者有八九字，每一首（或称一阕，或称一解）中，字句长短参差，至不一律，而每首字数之多寡，亦不一律，其少者仅十六字（如《十六字令》天，休使圆蟾照客眠；人何在？桂影自婵娟）。其多者有二百四十字（如《莺啼序》）；是以后人作词，皆须按谱填之，始能平仄谐协，句读无误；自蜀赵崇祚编《花间集》后，宋人编有《草堂诗余》，于是张南湖有《诗余图谱》，程明善有《啸余谱》，万树有《词律》，皆专讲词体而兼及作法之书也。兹将词调之起源及其分目之方法，一一述之于下：

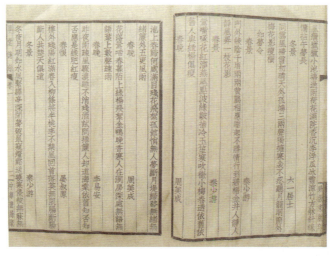

《草堂诗余》

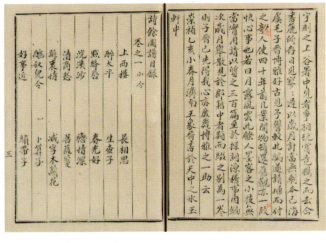

《诗余图谱》

一、调名之源起

俞少卿云："唐词多缘题所赋，《临江仙》则言水仙，《女冠子》则述道情，《河渎神》则缘祠庙，《巫山一段云》则述巫峡，《醉公子》则咏公子醉也。"胡元瑞《艺林学山》云："诸词所咏，固即词名，然词家亦间如此，不尽泥也。《菩萨蛮》称唐世诸调之祖，昔人著作最众，乃无一曲与词名相合，余可类推，犹乐府然，题即词曲之名也。声调即词曲音节也。宋人填词绝唱，如'流水孤村''晓风残月'等篇，皆与调名了不关涉；而王晋卿《人月圆》，谢无逸《渔家傲》，殊碌碌无闻，则乐府所重，在调不在词矣。"其故盖以唐人因词制调，至宋时则因调填词，故后人于调名之下，往往再附加题名，以醒眉目也。然而调名之源起，如杨用修、都元敬，考之甚详，沈天羽更掩杨论为己说，如《蝶恋花》，取梁武帝"翻阶蛱蝶恋花情"句之意；《满庭芳》，取吴融"满庭芳草易黄昏"之句；《点绛唇》，取江淹"白雪凝琼貌，明珠点绛唇"句之意；其考证甚多，不能一一尽述，学者可参看宋王灼《碧鸡漫志》，明杨慎《丹铅录》，清毛先舒《填词名解》等书也。

二、词调之分目

宋人编集歌词，长者曰慢，短者曰令，初无中调，长调之目；自顾从敬编《草堂词》，以臆见分之，后遂相沿，殊属牵率，万氏《词律·发凡》云："自《草堂》有小令、中调、长调之目，后人因之，但亦约略云尔；《词综》所云，以臆见分之，后遂相沿，殊属牵率者也。钱塘毛氏云：'五十八字以内为小令，五十九字至九十字为中调，九十一字以外为长调，古人定例也。'愚谓此亦就《草堂》所分而拘执之，所谓定例，有何所据；若以少一字为短，多一字为长，必无是理；如《七娘子》有五十八字者，有六十字者，将名之曰小令乎？抑中调乎？如《雪狮儿》有八十九字，有九十二字者，将名之曰中调乎？抑长调乎？故本谱但叙字数，不分小令、中、长之名。"按词调分目，亦叙字数，与不分目而依字数排列，无大出入；但分目之法，流俗易解，而又能包括众题，故乃为词家所通用也。

三、词之分体

词句字数有定，然因不能记忆，遂增一二字（黄钟《醉花阴》加衬至八十余字）以联属之，所谓衬字是也。后人不明其故，一律按腔以实之，于是同一调也，至成为数体，乃有第一体、第二体等之分别，万氏则概称之曰又一体；其言曰："旧谱之最无义理者，是第一体、第二体等，排次既不论作者之先后，又不拘字数之多寡，强作雁行，若不可踰越者，而所分之体，乖谬殊甚，尤不足取；因向来词无善谱，俱以之为高曾典型，学者每作一调，即自注其下云第几体。夫某调则某调矣，何必表其为第几；自唐及五代十国宋金元，时远人多，谁为之考其等第，而确不可移乎？更有继《啸余》而作者，逸其全刻，撮其注语，尤为糊突，若近日图谱，如《归国谣》止有第二而无第一，《山花子》《鹤冲天》有一无二，《贺圣朝》有一三无二，《女冠子》有一二四五而无三，《临江仙》有一四五六七而无二三，至如《酒泉子》以五列六后，又八体四十字，九、十、十一、十二体皆四十三字，故以八居十二之后，夫既以八体之字较多，

《临江仙》

则当改正为十二，而以九升为八，十升为九矣，乃因旧定次序，不敢超越，故论字则以弟先兄，论行则少不蹦长，得毋两相背谬乎？此俱遵《啸余》而忘其为无理者也。"此万氏斤斤于又一体之论也；然颇为后人口舌，盖词之分体，由于不明衬字之故，非真别有一体也，其相沿成习，不能删去衬字以近于古，则以元明以来，宫谱失传，莫或一一考证，是以一调而有数体也。

四、词调名称之同异

调牌之名称，有同名异调者，亦有同调异名者；其故盖以同此一调，所入之宫调不同，字数多少，因之亦异，虽同一调名，而其体制实已彼此不同，如《西江月》与《长相思》，俱有二调，且长短迥异，而名则相同；如《相见欢》《锦堂春》俱别名《乌夜啼》《浪淘沙》《谢池春》俱别名《卖花声》是也。又或以改易数字，或以变换衬字句法，因之而别创新名；又或以作者厌故喜新，更换新名，如《木兰花》与《玉楼春》之类，唐人即有此异名，至于宋代，多取词中字名篇，如《贺新郎》名《乳燕飞》，《水龙吟》名《小楼连苑》之类，调名庞杂朦混，几不可体认矣。沈天羽云："调有定名，即有定格，其字数音韵较然；中有参差不同者：一曰衬字，因文义偶不定联畅，用一二字衬之，按其音节虚实间，正文自在，如南北剧这字那字正字个字却字之类，亦非增实落字面，藉口为衬也；一曰'宫调'，所谓'黄钟宫''仙吕宫''无射宫''中吕宫''正宫''仙吕调''歇指调''高平调''大石调''小石调''正平调''越调''商调'也，词有名同所入之'宫调'异，字数多寡亦因之异者，如北剧黄钟《水仙子》，与双调《水仙子》异，南剧越调过曲《小桃红》，与正宫过曲《小桃红》异之类；一曰'体制'，唐人长短句皆小令耳！后演为中调，为长调；一名而有小令，后有中调，有长调；或系之以'犯'（如《四犯剪梅花》，系用《解连环》《醉蓬莱》《雪狮儿》，复用《醉蓬莱》，故名'四犯'，其他尚有《玲珑四犯》《八犯玉交枝》等。）以'近'（如《诉衷情近》《荔枝香近》）以'慢'（《卜算子慢》《西江月慢》）别之，（此外尚有'减字''偷声''合调''变调''歌头'等名称）。如南北剧名'犯'名'赚'名'破'之类，又有字数多寡同而所入之'宫调'异，名亦因之异者，如《玉楼春》，与《木兰花》同，而以《木兰花》歌之，即入'大石调'之类，又有名异而字数多寡则同，如《蝶恋花》一名《凤栖梧》《鹊踏枝》，如《念奴娇》一名《百字令》《酹江月》《大江东去》之类，不能殚述矣。"
尤悔菴曰："词名断宜从旧，其更名者，乃摘前人词中句为之，如东坡《念奴娇赤壁词》首句云，大江东去，末云一樽还酹江月；今人竟改《念奴娇》为《大江东去》，又名《酹江月》，又名《赤壁词》，如此则有一词即有一词名，千百不能尽矣。"其言是也。夫吾人苟欲创调为词，则迳自制新调可也，又何必取前人之词，摘其字句，别创调名，徒乱后人耳目，于词学上有何关系哉！

苏轼《念奴娇》手迹

五、词调之分段

词调无论小令、中调、长调，往往分上下两半阕，而上半阕与下半阕之间，必空去一格，以为区别；惟亦有例外者，如《十六字令》《望江南》《深院月》《忆王孙》《三台令》《如梦令》诸调，皆不分也。

六、词体之数目

唐宋之时，词学极盛，词家莫不制腔造谱，供人歌唱，然宋亡以后，元曲代兴，词体因以散佚。今按康熙《钦定词谱》，列八百二十六调，二千三百六体；万氏《词律》凡六百六十调，一千一百八十体，又《拾遗》补一百六十五调，四百九十五体，又《补遗》五十余调，调虽略备，然体尚未全，以是知遗失者甚多也。

康熙帝

康熙帝手迹

上述六项，关于词之体例，其大要已一一述及，此外尚有所谓"换头"者；大概小调可换头，长调多不换头，但非正体耳。又有所谓"隐括体"及"回文体"（始于东坡晦菴）等变例，此系文人慧笔，由熟生巧，初学者固可暂置勿问也。

第四节 词与诗乐曲之关系

词起于乐府散亡之后，其音调远自三百篇，六朝之时，已开倚声之权舆，由唐而宋，始称全盛，金元入主，则又变而为曲，故词学一门，与诗与乐与曲，均有关系焉，兹分述之于下：

一、词与诗之关系

前人称词为诗之变，或称之为"诗余"，或目之为"雅颂之遗音"，则词之与诗，其间自有一种相互之关系矣。苕溪渔隐曰："唐初歌词，多是五言诗或七言诗，初无长短句，自中叶以后至五代，渐变成长短句，及本朝则尽为此体，今所存者，止《瑞鹧鸪》《小秦王》二阕，是七言八句诗，并七言绝句诗而已。"今录其词于下：

《瑞鹧鸪》

碧山影里小红旗，侬是江南踏浪儿。拍手欲嘲山简醉，齐声争唱浪婆词。　　西兴渡口帆初落，渔浦山头日未欹。侬送潮回歌底曲，樽前还唱使君诗。

《小秦王》

济南春好雪初晴，行到龙山马足轻。
使君莫忘雪溪女，时作阳关肠断声。

俞少卿云："词之《纥那曲》《长相思》，五言绝句也；《柳枝》《竹枝》

《清平调引》《小秦王》《阳关曲》《八拍蛮》《浪淘沙》，七言绝句也；《阿那曲》《鸡叫子》，仄韵七言绝句也；《瑞鹧鸪》，七言律诗也；《款残红》，五言古诗也。体裁易混，征选实繁，故当稍别之，以存诗词之辨。"

二、词与乐府之关系

古之乐章、乐府、乐歌、乐曲，皆导源于诗，盖诗与乐，在古时无所分别也；《乐经》既散，乃缘诗以作乐，后人更倚调以填词，其间钟律宫商之理，无稍异也；故由唐而宋，多取词入于乐府，而词调之名，亦多与乐府之名相同，如《纥那曲》《竹枝》《柳枝》《甘州曲》《长相思》《青门引》《百字谣》等，皆取乐府之名名之，而皆可被之于管弦也。及乎明代，词学衰颓，无复被之管弦者，故称之为诗余矣；然词与乐府，亦非全无区别，沈天羽曰："词名多本乐府，然去乐府远矣。"

三、词与戏曲之关系

词与南北曲同名者，盖甚多也，然调实不同也。沈天羽曰："南北剧名多本填词，然去填词亦远；今按南北剧与填词同者，如《青杏儿》即北剧小石调，《忆王孙》即北剧仙吕调，《生查子》《虞美人》《一剪梅》《满江红》《意难忘》《步蟾宫》《满路花》《恋芳春》《点绛唇》《天仙子》《谒金门》《海棠春》《秋蕊香》《梅花引》《风入松》《浪淘沙》《燕归梁》《破阵子》《行香子》《青玉案》《齐天乐》《尾犯》《满庭芳》《烛影摇红》《念奴娇》《喜迁莺》《捣练子》《剔银灯》《祝英台近》《东风第一枝》《真珠帘》《花心动》《宝鼎现》《夜行船》《霜天晓角》皆南剧引子，《柳梢青》《贺圣朝》《醉春风》《红林檎近》《蓦山溪》《桂枝香》《沁园春》《声声慢》《八声甘州》《永遇乐》《贺新郎》《解连环》《集贤宾》《哨遍》皆南剧慢词。"俞曲园曰："《唐艺文志经部乐类》，有崔令钦《教坊记》一卷，其书罗列曲调之名目，自《献天花》至《同心结陵王》《入阵乐》，其名皆在焉，以此知今之词，古之曲也。"按词与曲虽有同调同词者，然亦非真无畛域之分也。

词与诗乐曲之关系，已尽述之矣，我今再引王阮亭之言，以作我结论，其言曰："或问诗、词、曲分界，予曰，无可奈何花落去，似曾相识燕归来，定非香奁体。良辰美景奈何天，赏心乐事谁家院，定非《草堂词》也。"

俞曲园

崔令钦《教坊记》

第 五 章

历代词学之变迁

第一节　唐代之词学

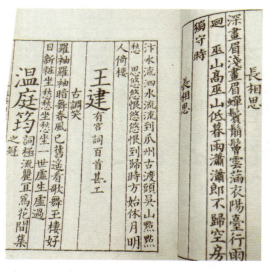

《花庵词选》

考词之渊源，固当上溯六朝；然就其发达之迹象而论，则当断自唐代始。但唐人诗，词不分，词调之名称亦甚少，不过小令而已。黄叔旸《花菴词选》，谓李太白《菩萨蛮》《忆秦娥》二阕，为百代词曲之祖，杨用修又传其《清平乐》两首，以为词祖（按李白尚有《连理枝》《桂殿秋》，亦为后世词调之祖）；然太白集中，如《菩萨蛮》《忆秦娥》等，均未载入，至杨齐贤、萧士赟注始附益之，胡应麟《笔丛》，亦疑其伪托；其故盖以太白时尚无词体，又或有以《菩萨蛮》为温飞卿作；然《湘山野录》谓魏泰辅得《古风集》于曾子宣家，正以《菩萨蛮》是太白作，然则唐代词学，于太白之时，已开其风矣。总之唐自玄宗以后，声乐弥盛，词遂应运而生，如《渔父词》《杨柳枝》《浪淘沙》诸调，都载入诗集中，盖当时诗与词犹未分也。大历（代宗）以来，是为中唐，作词者渐多，至于晚唐，其风益盛，当时作者辈出，如韦应物、戴叔伦、王建、韩翃、刘禹锡、温庭筠等，皆创调填词，极一时之盛，兹将当时词家，分述于下：

一、盛唐时之词家

李白，字太白，陇西成纪人，徙居蜀。天宝（玄宗）初，游长安，贺知章见其文，言于明皇，召见金銮殿，奏《颂》一篇，命供奉翰林，恳求还山，赐金放归；后坐永王璘事，流夜郎，会赦还。代宗立，以左拾遗召，已卒。其所制《忆秦娥》《菩萨蛮》《清平调》诸阕，实词调所自起云。

唐玄宗李隆基

《忆秦娥》

萧声咽，秦娥梦断秦楼月。秦楼月，年年柳色，灞陵伤别。

乐游原上清秋节，咸阳古道音尘绝。音尘绝，西风残照，汉家陵阙。

《菩萨蛮》

平林漠漠烟如织，寒山一带伤心碧。暝色入高楼，有人楼上愁。

玉阶空伫立，宿鸟归飞急。何处是归程？长亭更短亭。

《清平调》

云想衣裳花想容，春风拂槛露华浓。
若非群玉山头见，会向瑶台月下逢。

一枝浓艳露凝香，云雨巫山枉断肠。
借问汉宫谁得似？可怜飞燕倚新妆！

名花倾国两相欢，常得君王带笑看。

解释春风无限恨，沉香亭北倚阑干。

张志和，字子同，金华人。本命龟龄，以明经擢第，献策于肃宗，得待诏翰林，授左金吾卫录事参军，改今名，后坐事贬南海尉，不之官，扁舟江湖，自称烟波钓徒。著书十二卷，名元真子，亦以自号。有《渔歌子词》，亦词调之祖也。今录于下：

《渔歌子》（即《渔父词》）

西塞山前白鹭飞，桃花流水鳜鱼肥。

青箬笠，绿蓑衣，斜风细雨不须归。

大历以前，谓之盛唐，其时词人，除李白、张志和外；尚有王维（字摩诘，太原人，出仕玄宗肃宗两朝）、张说（字道济，一字说之，洛阳人，玄宗时封燕国公）、沈佺期（字云卿，相州内黄人，尝侍中宗宴，为《回波词》以悦帝）、元结（字次山，河南鲁山人，天宝时进士。自称浪士，更称聱叟，亦曰曼叟。其所著《欸乃曲》云：千里枫林烟雨深，无朝无暮有猿吟。停桡静听曲中意，好似云山韶濩音。亦词调之祖也）诸人，皆有词调传世，惟皆为小令耳。

《临王维辋川图》 宋 郭忠恕 绘

二、中唐时之词家

韦应物，京兆人，永泰（代宗）中，授洛阳丞，建中（德宗）初，拜比部员外郎，出为滁州刺史，贞元（德宗）初，又刺苏州。性高洁，有《三台令》《转应曲》流传后世。今录《转应曲》于下：

《转应曲》（即《调笑令》）

河汉！河汉！晓挂秋城漫漫。愁人起望相思，塞北江南别离。　　离别！离别！河汉虽同路绝。

《元苹（韦应物之妻）墓志》（局部）

韩翃，字君平，南阳人，天宝时进士。有妙妓柳氏，原嫁翃，而翃从辟淄青，置柳都下，三岁，寄以词，即今所传《章台柳》是也。今录之于下：

《章台柳》

章台柳，章台柳，昔日青青今在否？
纵使长条似旧垂，也应攀折他人手。

戴叔伦，字幼公，润州金坛人，贞元中及第。其《转应曲》一阕，与韦苏州同妙。其词云："边草！边草！边草尽来兵老。山南山北雪晴，千里万里月明。明月！明月！哀笛一声愁绝。"

白居易，字乐天，其先太原人，徙下邽。贞元中进士，尝刺苏杭二州，以刑部尚书致仕。著有《长庆集》，自号醉吟先生，又号香山居士。其所著词有《长相思》《望江南》，缛丽可爱；《花非花》一首，尤缠绵有情，

《长庆集》

又有《柳枝词》等阕，皆传诵人口，今录《长相思》及《花非花》两首于下：

《长相思》

汴水流，泗水流，流到瓜州古渡头；吴山点点愁。 思悠悠，恨悠悠，恨到归时方始休；月明人倚楼。

《花非花》

花非花，雾非雾；夜半来，天明去。来如春梦不多时，去似朝云无觅处。

王建，字仲初，颍川人，大历十年进士，官谓南尉，历秘书丞侍御史，出为陕州司马，从军塞上，后归卜居咸阳。有《调笑令》等词传世，今录于下：

《调笑令》

团扇！团扇！美人病来遮面。玉颜憔悴三年，谁复商量管弦！弦管！弦管！春草昭阳路断。

刘禹锡，字梦得，中山人，贞元中进士，官至检校礼部尚书。著有《八拍蛮》《小桃红》等词，今录于下：

《八拍蛮》此系《八拍蛮》第二体，首句末用仄字

愁锁黛眉烟易惨，泪飘红脸粉难匀。
憔悴不知缘底事！遇人推道不宜春。

《小桃红》

晓入纱窗静，戏弄菱花镜；翠袖轻匀，玉纤弹去，小妆红粉。画行人愁外两青山，与尊前离恨。　　宿酒醺难醒，笑记香肩并，暖借莲腮，碧云微透，晕眉斜印。最多情生怕外人猜，拭香津微揾。

中唐时词家，除上述以外，尚有刘长卿（字文房，河间人）、张仲素【字绘之，元和（宪宗）中为翰林学士】、柳宗元（字子厚，河东人）、李德裕（字文饶，赞皇人，元和时宰相）诸人。

三、晚唐时之词家

温庭筠，本名岐，字飞卿，太原人，累举不第，大中（宣宗）末，为方山尉。唐自大中以后，诗衰而倚声作，至庭筠始有专集，名《握兰金荃》。如《菩萨蛮》《蕃女怨》《遐方怨》《河渎神》《更漏子》等词，均传诵人口，兹录之于下：

董其昌书温庭筠《更漏子·玉炉香》手迹（局部）

《菩萨蛮》

小山重叠金明灭，鬓云欲度香腮雪。懒起画蛾眉，弄妆梳洗迟。照花前后镜，花面交相映。新贴绣罗襦，双双金鹧鸪。

《蕃女怨》

万枝香雪开已遍，细雨双燕。钿蝉筝，金雀扇，画梁相见。雁门消息不归来，又飞回。

《遐方怨》

凭绣槛，解罗帷，未得君书，断肠潇湘春雁飞。不知征马几时归？海棠花谢也，雨霏霏。

《河渎神》

孤庙对寒潮，西陵风雨萧萧。谢娘惆怅倚兰桡，泪流玉筋千条。暮天愁听思归乐，早梅香满山郭。回首两情萧索，离魂何处飘泊？

《更漏子》

柳丝长，春雨细，花外漏声迢递。惊塞雁，起城乌，画屏金鹧鸪。香雾薄，透重幕，惆怅谢家池阁。红烛背，绣帘垂，梦长君不知。

段成式，字柯古，临淄人。会昌（武宗）时，擢为尚书郎，出为吉州刺史，终太常少卿，有《闲中好》等词传世，今录于下：

《闲中好》

闲中好，尘务不萦心。坐对当窗木，看移三面阴。

晚唐时词家，尚有杜牧（字牧之，万年人，武宗时官中书舍人）、韩偓（字致尧，一字致光，万年人，昭宗时，召为学士）诸人。

唐代词人，除上述以外，方外则有吕严（字洞宾），宫嫔则有杨太真（小字玉环，天宝初，册为贵妃），妓女则有柳氏（韩翃姬）、刘采春等，要皆天籁自鸣，偶然成章，非真能授笔著述，裒然成集也。

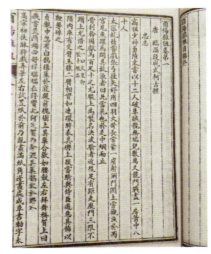

段成式《酉阳杂俎》

第二节　五代之词学

《玉茗堂集》

陆务观曰："诗至晚唐五季，气格卑陋，千人一律，而长短句独精巧高丽，后世莫及，此事之不可晓者。"《玉茗堂集》云："词至西蜀南唐，作者日盛，往往情至文生，缠绵流露，不独为苏黄秦柳之开山，即宣和（徽宗）、绍兴（高宗）之盛，皆兆于此矣。论者乃有世代升降之感，不知天地之运日开，山川之秀不尽，有不知其然而然者，非可胶柱而鼓瑟也。"按五季之时，后唐如庄宗，南唐如中主李璟、后主李煜，前蜀如后主王衍，词皆浓艳隐秀，凄婉动人，而和凝、韦庄、薛昭蕴辈，深情曲致，词名亦啧啧千古间，其余作者亦多，然要以蜀与南唐为最盛，兹将当时词家，分述于下：

一、后唐之词家

庄宗名存勖，小字亚子，天祐（昭宗）五年，嗣立为晋王，后破燕灭梁，遂袭尊号，改元同光，在位三年，性知音，善度曲，世传《一叶落》《宴桃源》《阳台梦》等词，兹录于下：

《一叶落》

一叶落，褰珠箔，此时景物正萧索。画楼月影寒，西风吹罗幕。吹罗幕，往事思量着。

《宴桃源》（即《如梦令》）

曾宴桃源深洞，一曲舞惊歌凤。长记别伊时，和泪出门相送。如梦，如梦，残月落花烟重。

《阳台梦》

薄罗衫子金泥凤，困纤腰怯铢衣重。笑迎移步小兰丛，辴金翘玉凤。娇多情脉脉，羞把同心捻弄。楚天云雨却相和，又入阳台梦。

和凝，字成绩，郓州人，初事后唐，后事后晋后汉，有集共百余卷，其长短句名《红叶稿》。《北梦琐言》云："晋相和凝，少年时好为'曲子词'"，布于汴洛，洎入相，专托人收拾焚毁不暇，然相国厚重有德，终为艳词玷之，契丹入夷门，号为曲子相公。其所著词，如《长命女》《采桑子》《望梅花》等，均极著名，兹录于下：

《北梦琐言》

《采桑子》

蝤蛴领上诃梨子，绣带双垂；椒户闲时，竞学樗蒲赌荔枝。

丛头鞋子红编细，裙窣金丝；无事颦眉，春思翻教阿母疑。

《长命女》

天欲晓，宫漏穿花声缭绕，窗里星光少。　　冷露寒侵帐额，残月光沉树杪；梦断锦帷空悄悄，强起愁眉小。

《望梅花》

春草全无消息，腊雪犹余踪迹。越岭寒枝香自折，冷艳奇芳堪惜。何事寿阳无处觅？吹入人家横笛。

《鹤冲天》

晓月坠，宿云披，银烛锦屏帷。建章钟动玉绳低，宫漏出花迟。
春态浅，来双燕，红日渐长一线。严妆欲罢转黄鹂，飞上万年枝。

二、南唐之词家

中主李璟，字伯玉，徐州人，唐宗室之裔，嗣父昪，偕号江南，改元保大，初名景通，后改为璟，奉周正朔，避庙讳，复改为景，降称国主。宋建隆（太祖）二年卒，追复其帝号，号元宗，有长短句数首，今录其《浣溪沙》及《山花子》二首于下：

《浣溪沙》

风压轻云贴水飞，乍晴池馆燕争泥，沈郎多病不胜衣。　　沙上未闻鸿雁信，竹间时听鹧鸪啼，此情惟有落花知。

《山花子》（又名《摊破浣溪沙》）

菡萏香销翠叶残，西风愁起绿波间；还与韶光共憔悴，不堪看。
细雨梦回鸡塞远，小楼吹彻玉笙寒；多少泪珠何限恨，倚阑干。

《李璟墓志铭》

后主李煜，字重光，初名从嘉，璟之第六子，建降二年嗣立，开宝（宋太祖）八年，国入于宋。煜妙于音律，能自肖乐府。后人合中主所作，刻之为《南唐二主词集》一卷。其所作《乌夜啼》《浪淘沙》《望江南》《虞美人》等词，尤为哀婉，所谓亡国之音也。然在未亡国前，其词实至为淫艳，如《菩萨蛮词》，为小周后而作（按周后为昭惠后之妹，昭惠感疾，周后尝留禁中，词中云云，盖写实也），其词之浮靡淫艳，至乎其极。兹将最为后人传诵之词，录之于下：

《菩萨蛮》

铜簧韵脆锵寒竹，新声慢奏移纤玉。眼色暗相钩，秋波横欲流。

雨云深绣户，来便谐衷素。宴罢又成空，魂迷春睡中。

花明月暗笼轻雾，今宵好向郎边去。刬袜下香阶，手提金缕鞋。

画堂南畔见，一晌偎人颤。奴为出来难，教君恣意怜。

《浪淘沙》

帘外雨潺潺，春意阑珊。罗衾不耐五更寒。梦里不知身是客，一晌贪欢。　　独自莫凭栏，无限江山。别时容易见时难。流水落花春去也，天上人间。

《乌夜啼》（正名《相见欢》）

无言独上西楼，月如钩；寂寞梧桐深院，锁清秋。　　剪不断，理还乱，是离愁。别是一般滋味在心头。

《戏马图页》　五代十国　李煜　绘

《望江南》

多少恨，昨夜梦魂中。还似旧时游上苑，车如流水马如龙，花月正春风。　　多少泪，沾袖复横颐。心事莫将和泪说，凤笙休向月明吹，肠断更无疑。

《虞美人》

春花秋月何时了，往事知多少。小楼昨夜又东风，故国不堪回首月明中。　　雕栏玉砌应犹在，只是朱颜改。问君还有几多愁？恰似一江春水向东流。

冯延巳，一名延嗣，字正中，广陵人，事李昇，所著乐府甚多，宋陈世修编定为《阳春录》一卷，如《谒金门》《长相思》《归国谣》诸词，皆见称于世；元宗乐府辞云："小楼吹彻玉笙寒。"延巳有"风乍起，吹皱一池春水"之句。元宗尝戏谓延巳曰："吹皱一池春水，干卿何事。"延巳曰："未如陛下小楼吹彻玉笙寒。"元宗悦。今录其词于下：

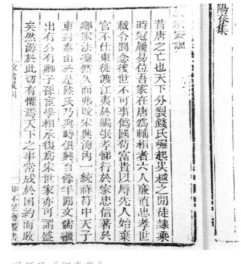

冯延巳《阳春集》

《谒金门》

风乍起，吹皱一池春水。闲引鸳鸯芳径里，手挼红杏蕊。斗鸭阑干独倚，碧玉搔头斜坠。终日望君君不至，举头闻鹊喜。

《长相思》

红满枝，绿满枝，宿雨厌厌睡起迟；闲庭花影移。忆归期，数归期，梦见虽多相见稀；相逢知几时。

《归国谣》

江水碧，江上何人吹玉笛？扁舟远送潇湘客。　　芦花千里霜月白，伤行色，明朝便是关山隔。

三、前蜀之词家

后主王衍，字化源，许州人，嗣父建僭号于蜀，改元乾德，后唐同光（庄宗）四年举国降。衍有才思，好靡丽之词，所制词曲，蜀人皆传诵焉。今录其《醉妆词》及《甘州曲》二词于下：

王衍

《醉妆词》

者边走，那边走，只是寻花柳。那边走，者边走，莫厌金杯酒。

《甘州曲》

画罗裙，能结束，称腰身。柳眉桃脸不胜春，薄媚足精神。可惜许，沦落在风尘。

牛峤，字松卿，一字延峰，陇西人。乾符（唐僖宗）五年进士，历官拾遗，补尚书郎，后仕蜀为给事中，有集三十卷。今录其《望江怨》于下：

《望江怨》

东风急，惜别花时手频执，罗帏愁独入，马嘶残雨春芜湿。倚门立，寄语薄情郎，粉香和泪滴。

韦庄，字端己，杜陵人。王建为西川节度使，昭宗命庄同李珣宣谕，遂留掌书记，及建僭号，庄累官至吏部尚书同平章事。有集二十卷，其弟蔼编定其诗为《浣花集》五卷。早年尝著《秦妇吟》，因称为"秦妇吟秀才"。庄有宠人，姿质艳丽，兼善词翰，建闻之，托以教内人为词，强夺去，庄追念悒怏，作《荷叶杯》《小重山》等词，情意凄怨，人争传播，盛行于世，后流传入宫，姬闻之，不食死。今俱录之于下：

《荷叶杯》

绝代佳人难得，倾国，花下见无期。一双愁黛远山眉，不忍更思惟。

闲掩翠屏金凤，残梦，罗幕画堂空。碧天无路信难通，惆怅旧房栊。

韦庄《秦妇吟》写本（局部）

记得那年花下，深夜，初识谢娘时。水堂西面画帘垂，携手暗相期。
惆怅晓莺残月，相别，从此隔音尘。如今俱是异乡人，相见更无因。

《小重山》

一闭昭阳春又春。夜寒宫漏永，梦君恩。卧思前事暗销魂。罗衣湿，
红袂有啼痕。　　歌吹隔重阍。绕庭芳草绿，倚长门。万般惆怅向谁论？
凝情立，宫殿欲黄昏。

《女冠子》

四月十七，正是去年今日。别君时，忍泪佯低面，含羞半敛眉。
不知魂已断，空有梦相随。除却天边月，没人知。

四、后蜀之词家

后主孟昶，字保元，初名仁赞，
邢州人，嗣父知祥僭号于蜀，改元广
政，宋乾德（太祖）三年举国降。性
好学，尝集《古今韵会》五百卷，亦
工乐府。尝令城上尽种芙蓉，盛开
四十里，语左右曰："古以蜀为锦城，
今观之，真锦城也。"又尝夜同花蕊
夫人避暑摩诃池上，作《玉楼春词》，
今录于下：

孟昶

《玉楼春》

冰肌玉骨清无汗，水殿风来暗香满。
绣帘一点月窥人，欹枕钗横云鬓乱。

起来琼户启无声，时见疏星渡河汉。

屈指西风几时来，只恐流年暗中换。

　　除上述以外，词家尚多，如南唐有徐铉（字鼎臣）、张泌（字子澄）、卢绛（字晋卿）、成幼文诸人；前蜀有庾传素、毛文锡（字平珪）、薛昭蕴、魏承班、尹鹗、李珣（字德润）诸人；后蜀有欧阳彬（字齐美）、欧阳炯、顾夐、毛熙震诸人；南平有孙光宪（字孟文）、徐昌图诸人；而后蜀赵崇祚（字宏荃，事孟昶为卫尉少卿）又录自温庭筠以下十八人之词，凡五百首（今逸二首），分十卷，颜曰《花间集》，欧阳炯为之作序，集中多录蜀人之词，蜀词赖以流传。南唐诸词，往往见于《尊前集》，按《尊前集》不著编者姓氏；陈振孙《书录解题》，但推《花间集》为后世倚声填词之祖，故后人颇疑《尊前》为晚出也。

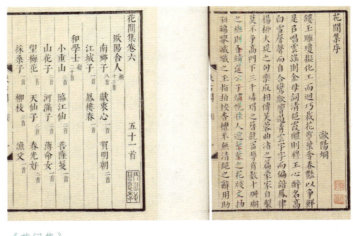

《花间集》

第三节　宋代之词学

词至于宋，为全盛之时代，小令、中调之外，更增长调，而词调亦大都成于此际，故有宋一代，实为词体大备之时期，盖宋之词，犹唐之诗，俱为我国文学史上重大进步之迹象，故多大书特载者也。当时作者，帝王如太宗、徽宗、高宗，大臣如寇准、韩琦、司马光、范仲淹、欧阳修，无不善为小词，极清新俊逸之致；其他如道学、武夫、妇人、女子、方外、宦者，亦皆通晓音律，制胜填词，词学之盛，于此为极。当时词学，大概可分二派：其一则沿《花间》之遗，婉约蕴藉，所谓"南派"是也；其一则为苏黄一派，脱音律之拘束，创为豪放激趣之声调，所谓"北派"是也。清《四库全书》《东坡词提要》曰："词自晚唐五代以来，以清切婉丽为宗，至柳永而一变，如诗家之有白居易；至轼而又一变，如诗家之有韩愈，遂开南宋辛弃疾等一派；寻源溯流，不能不谓之别格，然谓之不工则不可；故至今日尚与《花间》一派并行而不能偏废。"由此可知宋代词家，不特能继五代诸家而起，且能一扫其浮靡之习，由锻炼而归于醇雅，至东坡而又横放极出，直欲上追青莲（李白）；顾后之论者，以为晏氏父子、

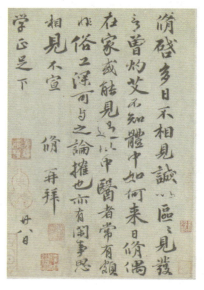

欧阳修《灼艾帖全卷》手迹（局部）

耆卿、子美、少游、易安，称为词之正宗；而称温韦为艳而促，黄九为精而刻，长公为丽而壮，幼安为辨而奇，为词之变体；但此不过就大体而言，未可作为定论也。兹将当时重要之词家述之于下：

一、北宋时之词家

晏殊，字同叔，临川人，庆历（仁宗）中称贤相，卒谥元献，其诗近西昆体，故词亦婉丽。而不蹈前人语，喜冯延巳歌词，其所作亦不减延巳，实开宋初风气，有《珠玉词》一卷。今录其《清商怨》《相思儿令》《滴滴金》等词于下：

《清商怨》

关河愁思望处满，渐素秋向晚。雁过南云，行人回泪眼。
双鸳衾裯悔展，夜又永枕孤人远。梦未成归，梅花闻塞管。

《相思儿令》

昨日探春消息，湖上绿波平。无奈绕堤芳草，还向旧痕生。
有酒且醉瑶觥，更何妨檀板新声。谁教杨柳千丝？就中牵系人情。

《滴滴金》

梅花漏泄春消息，柳丝长，草芽碧。不觉星霜鬓边白，念时光堪惜。
兰堂把酒留嘉客，对离筵，驻行色。千里音尘便疏隔，合有人相忆。

晏几道，字叔原，号小山，殊之子也，人称为小晏。为词有父风，可直逼《花间》高处，惟工艳几于劝淫，是其短也，有《小山词》二卷。今录其《喜团圆》《秋蕊香》两首于下：

晏几道《小山词》

《喜团圆》

危楼静锁，窗中远岫，门外垂杨。珠帘不禁春风度，解偷送余香。

眠思梦想，不如双燕，得到兰房。别来只是，凭高泪眼，感旧离肠。

《秋蕊香》

池苑清阴欲就，还傍送春时候。眼中人去欢难偶，谁共一杯芳酒。　朱栏碧砌皆如旧，记携手。有情不管别离久，情在相逢终有。

张先，字子野，吴兴人。晏殊尹京兆，辟为通判，历官都官郎中，居钱塘，尝创花月亭。有《子野词》一卷。人称之为张三中，即心中事眼中泪意中人也。又称张三影，即"云破月来花弄影""娇柔懒起帘押残花影""柳径无人堕絮轻无影"是也。尝作《碧牡丹》，晏殊读之，为之怃然曰："人生行乐耳，何自苦如此？"盖元献尝纳侍儿，善歌《子野》词，元献因甚属意，后为夫人所不容，遂被斥；至此乃亟命于宅库支钱若干，复取前出侍儿来。子野又尝于玉仙观道中逢谢媚卿，作《谢池春慢》，今俱录之于下：

《碧牡丹》

步障摇红绮，晓月沈烟砌。缓板香檀，唱彻伊家新制。怨入眉头，钗黛峰横翠。芭蕉寒雨声碎。　镜华翳，闲照孤鸾戏。思量去时容易。钿合瑶钗，至今冷落轻弃。望极蓝桥，但暮云千里。几重山，几重水。

《谢池春慢》

缭墙重院，时闻有啼莺到。绣被掩余寒，画幕明新晓。朱槛连空阔，飞絮无多少。径莎平，池水渺。日长风静，花影闲相照。

尘香拂马，逢谢女城南道。秀艳过施粉，多媚生轻笑。斗色鲜衣薄，碾玉双蝉小。欢难偶，春过了。琵琶流怨，都入相思调。

柳永，字耆卿，初名三变，乐安人。景祐（仁宗）元年进士，著有《乐章集》九卷。三变好为淫冶曲调，传播四方，尝有《鹤冲天》词云："忍把浮名，换了浅斟低唱。"时仁宗留意儒雅，深斥浮艳虚薄之文，及临轩放榜，特落之曰："且去浅斟低唱，何要浮名？"至及第后改名永，方得磨勘转官。官至屯田员外郎，故世号柳屯田。后流落不偶，死之日，群妓醵金葬之郊外。今所传"杨柳岸晓风残月"之名句，即《雨霖铃》词中句也，今录之于下：

《雨霖铃》

寒蝉凄切，对长亭晚，骤雨初歇。都门帐饮无绪，方留恋处，兰舟催发。执手相看泪眼，竟无语凝噎。念云去千里烟波，暮霭沉沉楚天阔。　　多情自古伤离别，更那堪冷落清秋节。今宵酒醒何处，杨柳岸晓风残月。此去经年，应是良辰好景虚设。便纵有千种风情，更与何人说。

苏轼，字子瞻，一字和仲，自号东坡居士，眉山人，有《东坡居士词》二卷。曾敏行《独醒杂志》，载苏轼守徐州日，作燕子楼乐章，其稿初具，逻卒已闻张建封庙中有鬼歌之，其事虽荒诞，而东坡之词，为舆隶所传诵，盖可知矣。又《吹剑录》载东坡在玉堂彐，有幕士善歌，因问我词何如柳七？对曰："柳郎中词只合十七八女郎执红牙板，歌杨柳晓风残月；学士词须关西大汉，铜琵琶铁绰板，唱大江东去。"东坡为之绝倒。盖词至东坡，始脱音律之拘束，一洗绮罗香泽之态，高歌豪放，超逸寻常，黄九和之，虽高妙极出，然粗俗处往往而有。所以后村（刘后村）之徒，称东坡如教坊雷大师舞，虽极天下之工，要非本色。今录《念奴娇》词于下：

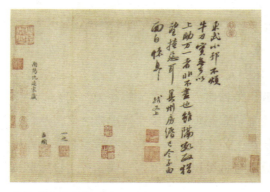

苏轼《东武帖》手迹（局部）

《墨竹图》　宋　苏轼　绘

《念奴娇》

　　大江东去，浪淘尽，千古风流人物。故垒西边，人道是，三国周郎赤壁。乱石穿空，惊涛拍岸，卷起千堆雪。江山如画，一时多少豪杰。

　　遥想公瑾当年，小乔初嫁了，雄姿英发，羽扇纶巾，谈笑间，樯橹灰飞烟灭。故国神游，多情应笑我，早生华发。人生如梦，一尊还酹江月。

　　秦观，字少游，初字太虚，高邮人，登第后，苏轼荐于朝，徽宗时放还，有《淮海词》三卷。晁补之曰："今代词手，惟秦七黄九，他人不能及也。"盖少游诗格不及苏黄，而词则情韵兼胜，远在苏黄之上。蔡绦《铁围山丛谈》载少游壻范温，常预贵人家会，贵人有侍儿喜歌少游长短句，坐间略不顾温，酒酣欢洽，始问此郎何人？温遽起叉手而对曰："某乃山抹微云女婿也。"今录其词于下：

《淮海集》　　　　　　　　　　　《铁围山丛谈》

《满庭芳》

山抹微云，天黏衰草，画角声断谯门。暂停征棹，聊共饮离尊。多少蓬莱旧事，空回首烟霭纷纷。斜阳外寒鸦数点，流水绕孤村。

销魂，当此际，香囊暗解，罗带轻分。谩赢得青楼，薄幸名存。此去何时见也，襟袖上空惹啼痕。伤情处高城望断，灯火已黄昏。

周邦彦，字美成，钱塘人。好音乐，能自度曲。宋于熙宁中曾立大晟府，为雅乐寮，选用词人及音律家，日制新曲，谓之《大晟词》，邦彦于徽宗朝复颂《大晟乐府》，比切声调，十二律各有篇目。著有《清真集》（今传者曰《片玉词》），其词精深华丽，体兼苏黄。所制诸调，不独音之平仄宜遵，即仄字之上去入三音，亦不相混。长调尤善铺叙，妙能用唐人诗句，隐括入律，浑然天成，在南北之间，屹然成一大宗，其在姑苏时，与营妓岳楚云相恋，后从京师过矣，则岳已从人矣，因饮酒于太守蔡峦席上，见其妹，乃赋《点绛唇词》寄之，楚云得词感泣累日。美成至汴，有妓李师师者，欲委身而未能也。一夕徽宗幸师师家，美成仓卒不能出，匿复壁间，遂制《少年游》以记其事，今并录之于下：

《点绛唇》

辽鹤归来，故人多少伤心事。短书不寄，鱼浪空千里。　　凭仗桃根，说与相思意。愁无际，旧时衣袂，犹有东风泪。

《少年游》

并刀如水，吴盐胜雪，纤指破新橙。锦幄初温，兽香不断，相对坐调笙。　　低声问向谁行宿？城上已三更。马滑霜浓，不如休去，直是少人行。

北宋词家，除上述外，如贺铸（字方回）以旧谱填新词，自哀其歌词为《东山寓声乐府》三卷；如黄庭坚（字鲁直，自号山谷道人，一号涪翁）以复刻见长，有《山谷词》二卷；又有李清照（自号易安居士）者，格非之女也，亦能倚声填词，著有《漱玉集》，格力高秀，音调清新，推为词家正宗。尝以重阳《醉花阴词》，寄其夫赵明诚，明诚叹绝，苦思求胜之，废寝食者三日，得五十阕，杂易安词于中，以示友人陆德夫；陆玩之再三，谓只三句绝佳。"莫道不消魂，帘卷西风，人比黄花瘦"，正易安作也。（见《嫏嬛记》）此外词人尚多，不能一一尽述。

二、南宋时之词家

辛弃疾，字幼安，号稼轩，历城人，陷于金。高宗朝，率数千骑南归，授承务郎。宁宗时，累官龙图阁待制，枢密都承旨，有《稼轩词》十二卷。《艺苑卮言》曰："词至辛稼轩而变，其源实自苏长公，至刘改之（名过，太和人，著有《龙洲词》）诸公极矣。南宋如曾觌、张抡辈应制之作，志在铺张，故多雄丽，稼轩辈抚时之作，意存感慨，故饶明爽，然而秾情致语，

几于尽矣。"清《四库全书》《稼轩词提
要》曰："其词慷慨纵横，有不可一世之
概，于倚声家为变调，而异军特起，能于
剪红刻翠之外，屹然别立一宗，迄今不废，
观其才气俊迈，虽似乎奋笔而成，然岳珂
《桯史》记弃疾自诵《贺新凉》《永遇乐》
二词，使座客指摘其失，珂谓《贺新凉》
词首尾二腔语句相似，《永遇乐词》用事
太多，弃疾乃自改其语，凡数十易，累月
犹未竟，其刻意如此。"刘后邨称其所作，
大声镗鞳，小声铿鍧，横绝六合，扫空万
古，其秾丽绵密者，亦不在小晏、秦郎之
下。今录其《破阵子》及《贺新郎》（即
《贺新凉》）二词于下，以见其词之一斑。

辛弃疾《稼轩词》

《破阵子》

醉里挑灯看剑，梦回吹角连营。
八百里分麾下炙，五十弦翻塞外声，
沙场秋点兵。 马似的卢飞快，弓
如霹雳弦惊。了却君王天下事，赢得
生前身后名，可怜白发生！

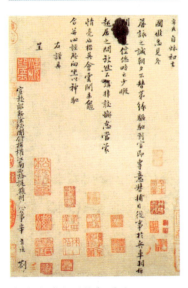

辛弃疾《去国帖》手迹

《贺新郎》别茂嘉十二弟

绿树听鹈鴂，更那堪杜鹃声住，鹧鸪声切。啼到春归无啼处，苦
恨芳菲都歇。算未抵人间离别。马上琵琶关塞黑，更长门翠辇辞金阙。
看燕燕，送归妾。 将军百战声名裂。向河梁回头万里，故人长绝。
易水萧萧西风冷，满座衣冠似雪。正壮士悲歌未彻。啼鸟还知如许恨，料不啼清泪长啼血。谁伴我？醉明月。

姜夔，字尧章，鄱阳人，流寓吴兴，自号白石道人，著有《白石词集》五卷。黄叔旸云："白石词极精妙，不减清真，其高处有美成所不能及。"善吹箫，自制新腔，音节文采，冠绝一时，尝有"自制新词韵最娇，小红低唱我吹箫"之句，其风致盖可想见。所制长短句，无不斜律吕，而以咏蟋蟀《齐天乐》一阕为最胜。侍姬小红，石湖家青衣也。色艺俱妙，尤善歌《暗香》《疏影》二词。今录《齐天乐》及《暗香》《疏影》等词于下：

姜夔

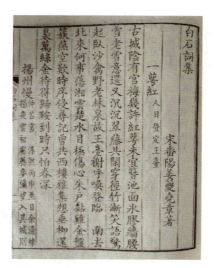

《白石词集》

《齐天乐》

庾郎先自吟愁赋，凄凄更闻私语。露湿铜铺，苔侵石井，都是曾听伊处。哀音似诉，正思妇无眠，起寻机杼。曲曲屏山，夜凉独自甚情绪。　　西窗又吹暗雨，为谁频断续？相和砧杵。候馆吟秋，离宫吊月，别有伤心无数。幽诗漫与。笑篱落呼灯，世间儿女。写入琴丝，一声声更苦。

《暗香》

旧时月色，算几番照我，梅边吹笛。唤起玉人，不管清寒与攀摘。何逊而今渐老，都忘却春风词笔。但怪得竹外疏花，香冷入瑶席。

江国，正寂寂，叹寄与路遥，夜雪初积。翠尊易竭，红萼无言耿相忆。长记曾携手处，千树压西湖寒碧。又片片吹尽也，几时见得。

《疏影》

苔枝缀玉，有翠禽小小，枝上同宿。客里相逢，篱角黄昏，无言自倚修竹。昭君不惯胡沙远，但暗忆江南江北。想佩环月下归来，化作此花幽独。　　犹记深宫旧事，那人正睡里，飞近蛾绿。莫似春风，不管盈盈，早与安排金屋。还教一片随波去，又却怨玉龙哀曲。等恁时重觅幽香，已入小窗横幅。

张炎，字叔夏，西秦人，侨居临安，自号乐笑翁，著《乐府指迷》《玉田词》三卷，郑思肖为之作序，又有《白云词》八卷。其《词源》论五音均拍，最为详赡，昔人谓"词有姜张，如诗有李杜。"其推重可想见矣。兹录其《壶中天》一首于下：

《壶中天》养拙夜饮客有弹箜篌者即事以赋此

瘦筇访隐，正繁阴闲锁，一壶幽绿。乔木苍寒图画古，窈窕人行韦曲。鹤响天高，水流花净，笑语通华屋。虚堂松静，夜深凉气吹烛。

乐事杨柳楼心，瑶台月下，有生香堪掬。谁理商声帘户悄？萧瑟悬珰鸣玉。一笑难逢，四愁休赋，任我云边宿。倚兰歌罢，露萤飞下秋竹。

南宋之词学，实轶于北宋之上。豪壮当推稼轩，警丽当推白石；而史达祖（字邦卿，号梅溪）、高观国（字宾王）辈与白石齐名，复有张辑（字宗瑞）、吴文英（字君特，号梦窗）诸人师之于前，赵以夫（字用父）、蒋捷（字胜欲）、周密（字公谨，著有《草窗词》三卷）、陈允平（字君衡）、王沂孙（字圣与，著有《碧山乐府》二卷）诸人效之于后，他若黄昇（字叔旸，号玉林）复辑唐宋诸名家乐府，为《绝妙好词》十卷（又著有《散花庵词》一卷）所选较《花间》为广矣。故当时词学，可谓极盛；然一至金元之时，“院本”“剧曲”，起而夺词家之席，盖斯道从此衰微矣。

第四节 金元之词学

词至金元，为词学衰颓时代，盖此时作曲之风盛行，词乃渐行衰落；然观元遗山集《中州乐府》，起吴学士激讫其父明德翁，凡三十六人，总一百二十四首，篇篇可诵也。至于元代，如赵孟頫、张野、张翥诸人，亦极著名一时，而总金元时之词家，先后亦有八十余人，惜皆为曲所掩耳。兹将当时著名之词家分述于下：

一、金之词家

吴激，字彦高，建州人；米芾之婿，使金被留，拜翰林待制。著有《东

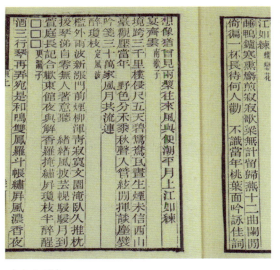

《东山词》

山词》一卷。其在张侍御座上，见有一侍儿进止温雅，意状摧抑可怜，问其姓名，乃宋之宫妓也。因赋《人月圆词》纪之。时宇文叔通，亦赋《念奴娇》，先成而颇近俚鄙，及见彦高作，茫然自失，自后人有求作乐府者，叔通即批云，吴郎近以乐府高天下，可往求之（见《中州乐府》），今录其词于下：

《人月圆》

南朝千古伤心事，犹唱后庭花。旧时王谢，堂前燕子，飞向谁家？恍然一梦，仙肌胜雪，宫髻堆鸦。江州司马，青衫泪湿，同是天涯。

蔡松年

蔡松年，字伯坚，父靖，宋燕山太守，仕金翰林学士，松年仕金累官至尚书右丞相，工乐府，与吴彦高齐名，称吴蔡体。自号萧闲老人，有《萧闲公集》六卷。其子珪，字正甫，有《江城子》词一首附于《萧闲公集》后。论者以吴蔡实宋儒，不当于金元文派列之，当断自蔡正甫为宗（萧真卿语）。按松年《尉迟杯》，有"梦似花飞，人归月冷，一夜小山新怨"之句，极脍炙人口；而蔡正甫以金代文派之宗，其乐府仅有《江城子》一首。时王季温自北都归，过三河，正甫为赋此词，兹录于下：

《江城子》

鹊声迎客到庭除，问谁欤？故人车。千里归来，尘色半征裾。珍重主人留客意，奴白饭，马青刍。　　东城入眼杏千株，雪模糊，俯平湖。与子花间，随分倒金壶。归报东垣诗社友，曾念我，醉狂无。

元好问，字裕之，太原秀容人，少时称为元才子，官尚书省左司员外郎，金亡不仕，以著作自任，世称遗山先生，尝辑金人长短句一帙，名《中州乐府》，其所自著者，钱塘凌云翰编集之为《遗山乐府》。按遗山词深于用事，精于炼句，其风流蕴藉处不减周秦，今录其《水调歌头》一阕，盖纪王德新玉溪之风景也。按玉溪在嵩山之前，费庄两山之绝胜处。

《水调歌头》

空濛玉华晓，潇洒石淙秋。嵩高大有佳处，元在玉溪头。翠壁丹崖千丈，古木寒藤两岸，邨落带林丘。今日好风色，可以放吾舟。

百年来，算惟有，此翁游。山川邂逅佳客，猿鸟亦相留。父老鸡豚乡社，儿女篮舆竹几，来往亦风流。万事已华发，吾道付沧洲。

金之词家，除上述外，如金章宗有《蝶恋花词》咏聚扇云："几股湘江龙骨瘦。巧样翻腾，叠作湘波皱。金缕小钿花草斗，翠条更结同心扣。金殿珠帘闲永昼。一握清风，暂喜怀中透。忽听传宣颁急奏，轻轻褪入香罗袖。"极为著名。世宗有《减字木兰花》，亦为后人所称道，而金主亮亦善为词；其他如邓千江（有《望海潮词》推为金人词中第一）、赵秉文（字周臣，著有《滏水集》）、韩玉（字温甫，著有《东浦词》）、赵元（字宜之，著有《愚轩词》）、折元礼、段克己（字复之，著有《遁斋乐府》一卷）、段成己（字诚之，克己弟也，著有《菊轩乐府》一卷）诸人，亦俱善为词，惟不如吴蔡遗山之著耳。

二、元之词家

张翥，字仲举，晋宁人，尝学于李存仇远之门，至正（顺帝）初，召为国子助教，累官至太常博士国子祭酒集贤学士，著有《蜕岩乐府》三卷，其词婉丽风深，有南宋风格，今录其《东风第一枝》一首于下：

《东风第一枝》忆梅

老树浑苔，横枝未叶，青春肯误芳约。背阴未返冰魂，阳梢已含红萼。佳人寒怯，谁惊起、晓来梳掠。是月斜窗外栖禽，露冷竹间幽鹤。

云淡淡、粉痕渐薄。风细细、冻香又落。叩门喜伴金樽，倚阑怕听画角。依稀梦里，记半面、浅窥珠箔。甚时节重写鸾笺？去访旧游东阁。

仇远，字仁近，一字仁父，钱塘人。宋咸淳（度宗）中与白珽同以诗名，人谓之仇白。张雨（字伯雨，自号句曲外史，著有《贞居词》一卷）、张翥皆出其门，自号近村，又号山村，著有《山村遗稿》。其词清微要妙，蒨丽和雅，足与玉田、草窗诸人相鼓吹。尝登招宝山观月出，作《八犯玉交枝》，其纵横之妙，直似东坡，今录其词于下：

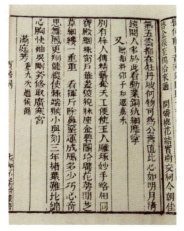

《贞居词》

《八犯玉交枝》

沧岛云连，绿瀛秋入，暮景却沈洲渚。无浪无风天地白，听得潮生人语，擎空孤柱，翠倚高阁凭虚，中流苍碧迷烟雾。惟见广寒门外，青无重数。　不知是水是山，不知是树，漫漫知是何处。倩谁问凌波轻步，谩凝睇乘鸾秦女。想庭曲霓裳正舞，莫须长笛吹去。怕唤起鱼龙，三更喷作前山雨。

此外如赵孟頫（字子昂）有《松雪词》一卷，汪宗臣（字公辅）有《紫岩集》附词，吴澄（字幼清）有《草庐词》一卷，许有壬（字可用）有《圭塘小稿词》一卷，萨都剌（字天锡，号直斋）有《雁门集词》一卷。张野（字野夫）有《古山乐府》二卷，当时词学虽衰，然其工者，亦不减宋人也。

《古山乐府》　　　　　　　　　　　　　　　吴澄

第五节　明代之词学

　　词至于明，阡陌决裂，淫哇遂起，词体之坏，于此为极。然有明两祖列宗，好学不倦，染翰俱工，如仁宗《凤栖梧》赋九月海棠云："烟抹霜林秋欲褪，吹破胭脂，犹觉西风嫩。翠袖怯寒愁一寸，谁传庭院黄昏信。明月修容生远恨。旋摘余娇，簪满佳人鬓。醉倚小阑花影近，不应先有春风分。"娟秀绝伦。宣宗有《醉太平》赐学士沈度云："浓云散雨收，花苑内鸣鸠。晓来喜见日光浮，暖融融永昼。麦苗润泽怀清秀，榴花湿映红光溜，田家鼓缶尽歌讴，是处庆丰年醉酒。"其留心农事如此。（见《兰皋集》）周宪王遭世隆平，奉藩多暇，留心翰墨，尤精词曲，制《诚斋学府传奇》若干种，音律谐美，流传内府，至今中原弦索多用之。（见《兰皋集》）刘基（字伯温）在青田未遇时，尝赋感怀《水龙吟》，颇有感喟激昂择木之意见，其他小词，亦皆靡靡可诵。至若宋金华（宋濂，字景濂，金华浦江人）以大手笔开一代风气，而亦有丽语如"恋郎思郎非一朝，好似并州花剪刀。一股在南一股北，几时裁得合欢袍。有郎金凤饰花容，无郎秋鬓若飞蓬。侬身要令千年白，不必来涂红守宫。"此鉴湖《竹枝》也，其小词惜不及见耳。（见《古今词话》）其他词人尚多，兹分述之于下：

　　杨慎，字用修，新都人。七岁作《拟古战场文》，正德（武宗）辛未廷试第一，授翰林院修撰，以议礼谪戍滇南。著述最富，《升庵集》之外，凡百余种。所辑《百琲珠词》，林万选、王弇州称之为词家功臣也。其词好入六朝，兹录其《误佳期》一首于下：

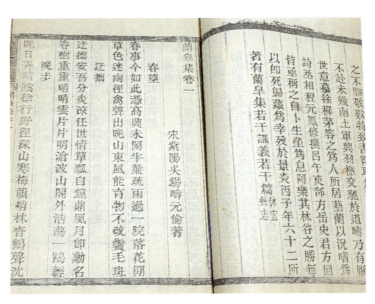

《兰皋集》

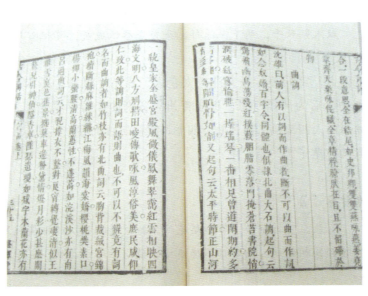

《古今词话》

杨慎

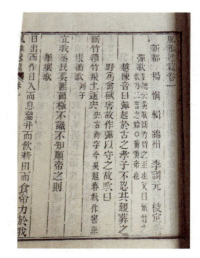

杨慎《风雅逸篇》

《误佳期》

今夜风光堪爱。可惜那人不在。临行多是不曾留，故意将人怪。

双木架秋千，两下深深拜。条香烧尽纸成灰，莫把心儿坏。

王世贞，字元美，号凤洲，太仓人，嘉靖（世宗）丁未进士，为员外郎郎中，后为严嵩所忌，出任青州兵备副使。与李攀龙辈号后七子，有《弇州山人四部稿》四百七十四卷，续稿二百七卷。其词以生动见长，兹录其《甘草子》一首于下：

《甘草子》

春暮。密打窗纱，阵阵梨花雨。鞜匣逞胭脂，绮袖调鹦鹉。

轻暖频寒相剗刬。做不痒不疼情绪。倩得张郎画眉妩，任子规凄楚。

陈子龙，字人中，又字卧子，青浦人，崇祯（思宗）丁丑进士，历官兵部给事中，有《湘真阁》《江蓠槛词》行世。《古今词话》云："明季词家竞起，然妙丽惟《湘真阁》《江蓠槛词》诸什，如咏《斜阳》则云：'弄晴催薄暮。'咏《黄昏》则云：'青灯冷碧纱烟尽，半晌愁难定。'咏《五更》则云：'愁时如梦梦时愁，角声初到小红楼。'咏《杏花》则云：'微寒著处不胜娇，一番弄雨花梢。'咏《落花》则云：'玉轮碾平芳草，半面恼红妆。'咏《春闺》则云：'几度东风人意恼，深深院落芳心小。'咏《艳情》则云：'难去难去，门外尺深花雨。'皆黄门意到之句。"子龙尝与夏允彝等结"几社"以气节相高，故国变以后之作，更为激昂沉着。按子龙之词，缠绵悱恻，神韵天然，为有明一代词人之冠。惟其宗旨以李（李攀龙）王（王世贞）为依归，后之痛贬李王者，并子龙而亦贬之，殊不知其崛起云间，挽之以回大雅，实能矫李王之失者也。

陈子龙

陈子龙《安雅堂稿》

明代词人除上述以外，如高启（字季迪，自号青丘子）有《扣舷集》，杨基（字孟载，与高启、张羽、徐贲号吴中四杰）有《眉菴集》十二卷，张綖（字世文）有《诗余图谱》，词家奉为指南，又有《南湖集》四卷，其他如瞿宗吉聂大年、夏公谨、周白川、唐子畏、徐文长、俞仲茅、沈天羽、卓发诸人，莫不新词竞唱，传一代之风华，统计前后作家，不下三百余人，惟当时长调，多杂俚语；而钱塘马浩、澜洪，虽以词名东南，其实花影妖淫，皆为残脂剩粉，不足取也。总之有明一代之词学，初则沿蜕岩之风轨，永乐以后，《花间草堂》诸集渐盛，当时惟小令、中调，间有可取，其余则偏于浮靡俚俗，无一硬语，至陈子龙出，始卓然可称一代词宗，然已身丁季叔，而开有清风气之先矣。

第六节　清代之词学

有清之世，为词学复兴之时代。袭《花间》之貌，入南宋之室，作者蔚然蒸起，盛极一时，而当时号称能手，尤莫胜于东南，如吴伟业（字骏公，号梅村，太仓人）、钱谦益（字受之，号牧斋）、龚鼎孳（字孝升，号芝丽）号称江左三大家，其词皆风动当时，他如曹秋岳毛西河顾贞观（有《弹指词》）、彭羡门（有《延露词》）、宋琬、严绳孙、李雯、宋徽兴、尤侗及吾家虹亭公（徐釚，字电发，自号垂虹亭长，著有《菊庄词》及《词苑丛谈》等书）等，均善倚声填词。名冠东南。其振起于北方者，则有王士祯、曹贞吉（有《珂雪词》）

徐釚（号虹亭）

性德、孙枝蔚（字豹人）诸人，或以凄惋胜，或以刚劲胜，莫不号为能手，兹将当时重要词家，述之于下：

王士祯，字贻上，号阮亭，别号渔洋山人，山东新城人。顺治十五年进士，官至刑部尚书。初为牧斋所重，既而文名浉高，天下尊为诗坛盟主。然与梅村筚路先驱，实开清代词学之风。吾家虹亭公曰："王阮亭和漱玉词，有'郎似桐花妾似桐花凤'之句，长安盛称之，遂号为王桐花，几令郑鹧鸪不能专美。"今录其词于下：

王士禛

《曝书亭集》

《蝶恋花》闺思

凉夜沉沉花漏冻，欹枕无眠，渐听荒鸡动。此际闲愁郎不共，月移窗罅春寒重。　忆共锦衾无半缝，郎似桐花，妾似桐花凤。往事迢迢徒入梦，银筝断续连珠弄。

朱彝尊，字锡鬯，号竹垞，秀水人。年十七，弃举子业，肆力古学，康熙十七年，举博学鸿词，著述甚富，修《明史》及《一统志》，著有《曝书亭集》，又编《词综》三十六卷。竹垞词宗南宋，一以姜张为法，刻削隽永，艳而能雅，清代前后作者，莫能过焉。时与竹垞齐名者，则有陈其年（名维崧，有《乌丝词》），尝合刻《朱陈村词》，工力悉敌，难分上下也。乾嘉以前，要以二人为泰斗，所谓浙派是也。惟后之论者，以为朱才多不免于碎，陈气盛不免于率；而朱氏又好引经典，饾饤琐屑，时有朱贪多，王（即渔洋）爱好之称，可谓切中其病矣。兹录竹垞《暗香》词一首于下：

《暗香》红豆

凝珠吹黍，似早梅乍萼，新

桐初乳，莫是珊瑚。零落敲残石家树，记得南中旧事，金齿屐，小蛮蛮女；向两岸，树底盈盈。素手摘新雨。

延伫，碧云暮。休逗入茜裙，欲寻元处。唱歌归去，先向绿窗饲鹦鹉。惆怅檀郎终远，待寄与，相思犹阻；烛影下，开玉盒，背人偷数。

张惠言，字皋文，常州人。振北宋名家之绪，赋手文心，开清代倚声家未有之境，所谓常州派是也。其词沉郁疏快，遒逸悱恻，著有《茗柯词》，乾嘉以来学者多宗之。当时常州词人，如恽敬、黄景仁、陆继辂、李兆洛辈，亦皆著名一时。至若金应城、金式玉则学于皋文而有得者也。董士锡则以皋文之甥而传其业者也。止庵周氏，则为茗柯后起之劲，而足以后先辉映者也。

纳兰容若，名性德，满洲人，初名成德，故亦有称成容若者，明珠太傅之子也。早饮香名，出入禁卫，然其词独瓣香鸳鸯寺主，缠绵婉转，一唱三叹，能使残唐坠绪，绝而复续，颇似憔悴失职者所为，故论者至以重光（李煜）后身目之。多情多才，而又善怨，宜其享年不永矣。其词小令尤工，而《饮水词》《侧帽词》则为一时之冠。所谓《侧帽词》者，乃容若题《侧帽》《投壶图》之词也，兹录于下：

纳兰容若

《贺新凉》赠顾梁汾

德也狂生耳。偶然间淄尘京国，乌衣门第。有酒惟浇赵州土，谁会成生此意？不信道遂成知己。青眼高歌俱未老，向樽前拭尽英雄泪。

君不见，月如水。　　共君此夜须沉醉。且由他蛾眉谣诼，古今同忌。身世悠悠何足问，冷笑置之而已。寻思起从头翻悔。一日心期千劫在，后身缘恐结他生里。然诺重，君须记。

除上述词人以外，如太仓王时翔、王汉舒则以晏欧、淮海为宗，矫然独出，另成一派，其他如厉鹗有《樊榭山房词》，郭麐有《蘅梦楼词》，姚燮有《疏影楼词》，周之琦有《金梁梦月词》，承龄有《冰蚕词》，边浴礼有《空青词》，宋浣花有《浣花词》，张啸山有《剪锦词》，项莲生有《忆云词》，赵秋舲有《香消酒醒词》，王鹏运有《半塘词》，要皆名振一时，以词章见重于世。而王昶则有《明词综》及《清朝词综》之编辑，陶梁则有《词宗补遗》，龚翔麟则有《浙西六家词》，查继超则有《词学全书》，是皆词学总汇之书也。至若万树（字红友）之《词律》，戈载（字顺卿）之《词林正韵》，一则致功声律，一则阐明韵学，皆空前之著述，惟其所作，均不逮所见，是其短也。余如过葆中、史位存、龚定庵、郑板桥、赵璞涵、吴谷人辈，亦不愧名手，惟是道咸以后，为词者大多不明乐理，故其词虽有可诵者，而不足以备乐府之遗，真所谓长短句而已，诗余而已。光宣以来，风雅道衰，海内词家，寥如晨星，是以承先启后，挽颓旨于未堕，正在我辈，从事提倡，诏示来者，不可缓矣。

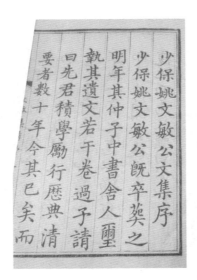

姚燮《姚文敏公集》

第 六 章
研究词学之方法

第一节　填词之入手法

填词之法，重在多读多看多作而已，多读则声调自能圆转，多看则材料自然丰富，多作则出笔自能流利。谚云："熟读唐诗三百首，不会吟诗也会吟。"学词之法，岂有异乎？《词学全书》中有《古今词论》一卷，其中述各家论作词之法，颇为详备；如张玉田论填词之法云："填词先审题，因题择调名，次命意，次选韵，次措词。其起结须先有成局，然后下笔。最是过变，勿断了曲意，要结上起下为妙。"杨诚斋论作词之法云："作词有五要：第一要择腔，腔不韵则勿作，如《塞翁吟》之衰飒，《帝台春》之不顺，《隔浦莲》之奇煞，《斗百花》之无味是也。第二要择律，律不应则不美，如十一月须用正宫，元宵词必用仙吕宫为相宜也。第三要句韵按谱；自古作词，能依句者少，依谱用字者百无一二，若歌韵不协，奚取哉？或谓善歌者能融化其字则无疵，殊不知制作转折，用或不当则失律，正旁偏侧，凌犯他宫，非复本调矣。第四要推律押韵，如越调《水龙吟》，商调《二郎神》，皆用平入声韵，古调俱押去声，所以转折乖异，苟或不详，则乖音昧律者，反加称赏，是解熙熙而启齿也。第五要立新意，若用前人诗词句为之，此蹈袭无足奇也，须作不经人道语，或翻前人意，始能惊人，若只炼字句，才读一过，便无精神，不可不知也。"其余引述各家之说颇多，不能一一尽述，兹为初学者便利起见，更择要言之于下：

一、句法

词句有一字二字三字以至六七八字以上为一句者，其一句中之平仄，学者宜行注意，而下字又不可因平仄之故，一味堆砌，须胸中先有成竹，然后下笔。张玉田曰："词中句法贵平安精粹，一曲之中，安能句句高妙，只要衬副得去，于好发挥处，勿轻放过，自然使人读之击节。"又曰："语句太宽则容易，太工则苦涩，故对偶处却须极工，字眼不得轻泛，正如诗眼一例，若八字既工，下句便须少宽，约莫太宽又须工致，方为精粹。"刘体仁《词绎》曰："词中对句，正是难处，莫认作衬句，至五言对句七言对句，使观者不作对疑尤妙。"此皆论造句之法也。

二、字法

吾家虹亭公《词苑丛谈》云："词与诗不同，词之语句，有两字四字至七八字者，若惟叠实字，读之且不通，况付雪儿乎？合用虚字呼唤，一字如'正''但''任''况'之类，两字如'莫是''又还'之类，三字如'更能消''最无端'之类，却要用之得其所。"俞仲茅曰："词全以调为主，调全以字之音为主。音有平仄，多必不可移者，间有可移者；仄有上去入，多可移者，间有必不可移者；倘必不可移者，任意出入，则歌时有棘喉涩舌之病，故宋时一调，作者多至数十人，如出一吻。"张玉田曰："句法中有字面，生硬字切勿用，必深加锻炼，字字推敲响亮，歌之妥溜，方为本色语。"此皆前人论用字之法也。按字又有阴阳声之别，填词之时，如阳声多则沉顿，阴声多则激昂，重阳间一阴，则柔而不靡；重阴间一阳，则高而不危；学者亦不可不知也。

《词苑丛谈》

三、章法

词之章法，不外空中荡漾，所谓荡漾之法若何？曰奇正实空，抑扬开合，工易宽紧诸法而已；如一词之中，上意本可直接下意，今偏偏作盘马弯弓之势，而不接入，反于其间传神写照，从空际盘旋做出摇曳从容之态度，如此则下意愈觉栩栩欲动矣。总之承接转换之处，不外"纤徐斗健"四字，如能交相为用，自入妙境矣。

四、起结

凡词之起句，须见所咏之意，不可泛入闲事。刘体仁曰："词起结最难，而结尤难于起，盖不欲转入别调也。呼翠袖为君舞，倩盈盈翠袖，揾英雄泪。正是一法，然又须结得有不愁明月尽自有夜珠来之妙，乃得。"

张砥中曰："凡词前后两结最为紧要，前结如奔马收缰，须勒得住，尚存后面地步，有住而不住之势。后结如众流归海，要收得尽，回环通首源流，有尽而不尽之意。"此论起结之法也。

五、词调

作词之法，选调为要，大概小令宜宗《花间》，长调宜宗两宋。张玉田曰："词之难于小令，如诗之难于绝句，盖十数句间，要无闲句字，要无闲意趣，末又要有有余不尽之意。"俞仲茅曰："小令佳者，最为警策，令人动褰裳涉足之想，第好语往往前人说尽，当何处生活。长调尤为聱牙，染指较难，盖意窘于侈，字贫于复，气竭于鼓，鲜不纳败，比于兵法，知难可焉。"刘体仁曰："中调长调转换处，不欲全脱，不欲明黏，如画家开合之法，须一气呵成，则神味自足，以有意求之不得也。"又曰："长调最难工，芜累与癫重同忌，衬字不可少，又忌浅熟。"沈去矜曰："小调要言短意长，忌尖弱；中调要骨肉停匀，忌平板；长调要操纵自如，忌粗率；能于豪爽中著一二精致语，绵婉中著一二激励语，尤见错综。"

贺黄公曰："小词以含蓄为佳，亦有作决绝语而妙者，如韦庄'谁家年少足风流，妾拟将身嫁与一生休，纵被无情弃，不能羞'之类是也。"

又曰："长调最忌演奏，如苏养直'兽镮半奄'，前半皆景语，至'渐迤逦更催银箭'以下，则触景生情，缘情布景，节节转换，秾丽周密，譬之纤锦家，真宝氏回文梭矣。"毛稚黄曰："填词长调，不下于诗之歌行，长篇歌行，犹可使气；长调使气，便非本色，高手当以情致见佳，盖歌行如骏马蓦坡，可以一往称快，长调如娇女步春，旁去扶持，独行芳径，徙倚而前，一步一态，一态一变，虽有强力健足，无所用之。"顾宋梅曰："词虽贵于情柔声曼，然第宜于小令，若长调而亦喁喁细语，失之约矣；必慷慨淋漓，沉雄悲壮，乃为合作，其不转韵者，以调长恐势散而气不贯也。"李东琪曰："小令叙事须简净，再著一二景物语，便觉笔有余闲。中调须骨肉停匀，语有尽而意无穷。长调切忌过于铺叙，其对仗处须十分警策，方能动人，设色既穷，忽转出别境，方不窘于边幅。"此前人就调论词之言也。

除上述以外，如词中用事、咏物、用意、用字、创调等方法，前人论之者颇多，学者可取《词源》（张炎、叔夏编）及《古今词论》两书参观也。

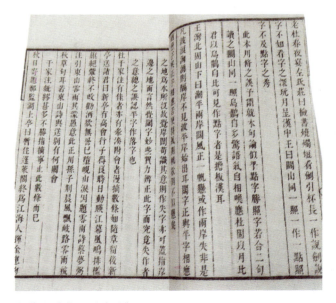

贺黄公《载酒园诗话》

第二节　填词之格式

填词与作诗不同，盖词之字句，至不一律，不但平仄而已；字句既各有长短，用韵之处，又各调不同，在熟习者固可脱口而出，然在初学者，非按图谱不可。按前人所著词谱如万树有《词律》，收罗至广，然非初学者所宜。查继超有《填词图谱》，然于平仄处但加圈识，刻本不无舛误。舒梦兰有《白香词谱》，所录仅百余首，其平仄近人已有考正之者，于初学者似较便利，本局《最浅学词法》中所选古词，小令、中调、长调三类，亦能扼要，初学者亦可备置案头也。兹选最通用之调十数首，分列于下，俾初学者略见填词格式之一斑：

一、小令

《填词图谱》，以不及六十字者为小令。

《梦江口》二十七字，五句三韵。又名《谢秋娘》《忆江南》《望江梅》《春去也》，有四体。

千 年 恨 句 恨 极 在 天 涯 韵 山 月 不 知 心 里 事 句 水 风 空
落 眼 前 花 叶 摇 曳 碧 云 斜 叶　　　　　　　　　（温庭筠）
　　　谱

平 平仄 仄 句 仄平 仄 仄 平 平 韵 仄平 仄仄 平 平 仄 仄 句 仄平 平 平仄
仄 仄 平 平 叶 仄平 仄 仄 平 平 叶

《如梦令》三十三字，六句五韵。又名《忆仙姿》《宴桃源》。

莺 嘴 啄 花 红 溜 韵 燕 尾 点 波 绿 皱 叶 指 冷 玉 笙 寒 句
吹 彻 小 梅 春 透 叶 依 旧 叶 依 旧 叠句 人 与 绿 杨 俱 瘦 叶

　　　　　　　　　　　　　　　　　　　　　　（秦观）

谱

仄平　仄　平仄　平　平　仄　韵　平仄　仄　平仄　平　平仄　仄　叶　平仄　仄　仄　平　平　句

平仄　仄　平仄　平　平　仄　叶　平　仄　叶　平　仄　叠句　仄平　仄　仄　平　平　仄　叶

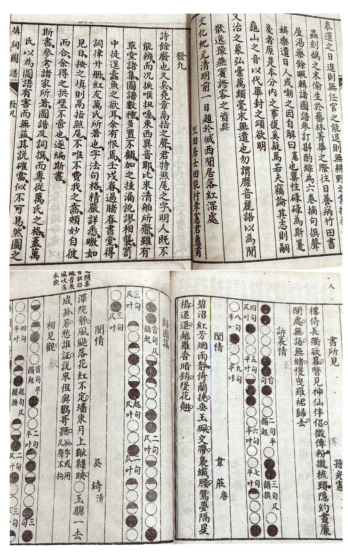

《填词图谱》

《长相思》三十六字，前后段各四句，共八韵。亦名《双红豆》，有四体。

红满枝 韵 绿满枝 叶 宿雨厌厌睡起迟 叶 闲庭花影移 叶 忆归期 叶 数归期 叶 梦见虽多相见稀 叶 相逢知几时 叶 （冯延巳）

谱

平仄仄平平 韵 平仄仄平平 叶 仄平仄平平平仄仄平平 叶 仄平平平仄平平 叶 平仄仄平平 叶 平仄仄平平 叶 平仄仄平平平仄仄平平 叶 仄平平平仄平平 叶 仄平 叶

《点绛唇》四十一字，前段四句，后段五句，共七韵。亦名《点樱桃》《沙头雨》《南浦月》。

一夜东风 句 枕边吹散愁多少 韵 数声啼鸟 叶 梦转纱窗晓 叶 来是春初 句 去是春将老 叶 长亭道 叶 一般芳草 叶 只有归时好 叶 （曾允元）

谱

平仄仄平平 句 仄平平仄平平仄 韵 平仄平平仄 叶 平仄平平仄 叶 平仄仄平平 句 仄平平仄平平仄 叶 平平仄 叶 仄平平仄 叶 平仄平平仄 叶

《浪淘沙》五十四字，前段五句四韵，后段同。又名《卖花声》。

蹙损远山眉 韵 幽怨谁知 叶 罗衾滴尽泪胭脂 叶 夜过春寒人未起 句 门外鸦啼 叶 惆怅阻佳期 叶 人在天涯 叶 东风频动小桃枝 叶 正是销魂时候也 句 撩乱花飞 叶 （康与之）

谱

仄平仄仄平平 韵 平仄仄平平 叶 平仄平仄仄平平 叶 平仄平平平仄仄 句 平仄仄 平仄平平仄仄平平 叶 平仄仄 平仄平平 叶 平仄平平仄仄平平 叶 平仄平平平仄仄 句 平仄仄平平 平 叶

二、中调

《填词图谱》，以六十字至九十字者为中调。

《蝶恋花》六十字，前段五句四韵，后段同，又名《一箩金》《黄金缕》《鹊踏枝》《凤栖梧》《卷珠帘》《鱼水同欢》《明月生南浦》。

花 褪 残 红 青 杏 小 韵 燕 子 飞 时 句 绿 水 人 家 绕 叶 枝 上
柳 绵 吹 又 少 叶 天 涯 何 处 无 芳 草 叶　架 上 秋 千 墙 外
道 叶 墙 外 行 人 句 墙 里 佳 人 笑 叶 笑 渐 不 闻 声 渐 杳 叶
多 情 却 被 无 情 恼 叶　　　　　　　　　　（苏轼）

谱

仄平 仄 仄平 平 平 仄 仄 韵 平仄 仄 平 平 句 平仄 仄 平 平 仄 叶 仄平 仄
平仄 平 平 仄 仄 叶 仄平 平 平 平 平 仄 叶　仄平 仄 仄平 平 平 仄
仄 叶 仄平 仄 平 平 句 仄平 仄 平 平 仄 叶 仄平 仄 平仄 平 平 仄 仄 叶
仄平 平 平仄 仄 平 仄 叶

《一剪梅》六十字，前段六句六韵，后段同，此调通首用韵。

一 片 春 愁 带 酒 浇 韵 江 上 舟 摇 叶 楼 上 帘 招 叶 秋 娘 容
与 泰 娘 娇 叶 风 又 飘 飘 叶 雨 又 萧 萧 叶　何 日 云 帆 卸
浦 桥 叶 银 字 筝 调 叶 心 字 香 烧 叶 流 光 容 易 把 人 抛 叶
红 了 樱 桃 叶 绿 了 芭 蕉 叶　　　　　　　（蒋捷）

谱

仄平 仄 平 平 仄 仄 平 韵 仄平 仄 平 平 叶 平仄 仄 平 平 叶 仄平 平 仄平
仄 仄 平 平 叶 仄平 仄 平 平 叶 仄平 仄 平 平 叶　仄平 仄 平 平 仄
仄 平 叶 仄平 仄 平 平 叶 仄平 仄 平 平 叶 仄平 平 仄平 仄 仄 平 叶
仄 平 仄 平 平 叶 仄平 仄 平 平 叶

《渔家傲》六十二字，前后段各五句五韵。

塞 下 秋 来 风 景 异 韵 衡 阳 雁 去 无 留 意 叶 四 面 边 声 连
角 起 叶 千 嶂 里 叶 长 烟 落 日 孤 城 闭 叶　浊 酒 一 杯 家
万 里 叶 燕 然 未 勒 归 无 计 叶 羌 管 悠 悠 霜 满 地 叶 人 不

寐 叶 将 军 白 发 征 夫 泪 叶　　　　　　（范仲淹）
　谱
仄 仄 仄平 平 平 仄 仄 韵 仄平 平 平仄 仄 平 平 仄 叶 仄平 仄 仄平 平 平
仄 仄 叶 平 平仄 仄 叶 仄平 平 平仄 仄 平 平 仄 叶　　仄 仄 平仄 平 平
仄 仄 叶 平仄 平 平仄 仄 平 平 仄 叶 仄平 仄 平 平 平 仄 叶 平 平仄
仄 叶 平仄 平 平仄 仄 平 平 仄 叶

《天仙子》六十八字，前后段各六句，共十韵。

水 调 数 声 持 酒 听 韵 午 醉 醒 来 愁 未 醒 叶 送 春 春 去 几
时 回 句 临 晚 镜 叶 伤 流 景 叶 往 事 后 期 空 记 省 叶　　沙
上 并 禽 池 上 暝 叶 云 破 月 来 花 弄 影 叶 重 重 帘 幕 密 遮
灯 句 风 不 定 叶 人 初 静 叶 明 日 落 红 应 满 径 叶 （张先）
　谱
平仄 仄 平仄 平 平 仄 仄 韵 仄平 仄平 平 平 仄 叶 平仄 平 平 仄仄
平 平 句 平 仄 仄 叶 平 仄 仄 叶 平仄 仄平 平 平 仄 叶　　仄平
仄 平仄 平 平 仄 仄 叶 仄平 仄 平仄 平 平 仄 叶 仄平 平 平 仄仄 平
平 句 平 仄平 仄 叶 平 平仄 仄 叶 平平 仄仄 平 平 仄仄 叶

三、长调

　　《填词图谱》，以九十字以上者为长调。

《满庭芳》九十五字，前后段各九句，共九韵。一名《锁阳台》《满庭霜》。

晓 色 云 开 句 春 随 人 意 句 骤 雨 才 过 还 晴 韵 古 台 芳 榭
句 飞 燕 蹴 红 英 叶 舞 困 榆 钱 自 落 句 秋 千 外 豆 绿 水 桥
平 叶 东 风 里 豆 朱 门 映 柳 句 低 按 小 秦 筝 叶
多 情 叶 行 乐 处 句 珠 钿 翠 盖 句 玉 辔 红 缨 叶 渐 酒 空 金
榼 句 花 困 蓬 瀛 叶 豆 蔻 梢 头 旧 恨 句 十 年 梦 豆 屈 指 堪
惊 叶 凭 阑 久 豆 疏 烟 淡 日 句 寂 寞 下 芜 城 叶 （秦观）

谱

仄平 仄 平 平 句 仄平 平 平仄 仄 句 仄 平仄仄 仄 平 平 韵 仄平 平 平 仄
句 仄平 仄 仄 平 平 叶 仄平 仄 仄平 平 平仄 仄 句 仄平 平 仄 豆 平仄 仄 平
平 叶 平 平 仄 豆 平 平 仄 仄 句 仄平 仄 仄 平 平 叶

平 平 叶 平 仄 仄 句 仄平 平 仄 句 仄平 仄 仄 平 平 叶 平仄 平仄 平 平
仄 句 仄平 仄 平 平 叶 平仄 仄 平 平仄 平 仄 仄 句 仄平 仄 仄 平 平 叶
平 叶 平 平 仄 豆 平 平 仄 仄 句 仄平 仄 仄 平 平 叶

《念奴娇》前段九句，后段十句，共一百字，八韵。一名《大江东去》《壶中天》《百字令》《醉江月》。按此调于第二句第三字分豆亦可，如东坡词"浪淘尽，千古风流人物"是也，不必拘定。

石 头 城 上 句 望 天 低 吴 楚 豆 眼 空 无 物 韵 指 点 六 朝 形
胜 地 句 惟 有 青 山 如 壁 叶 蔽 日 旌 旗 句 连 云 樯 橹 句 白
骨 纷 如 雪 叶 大 江 南 北 句 消 磨 多 少 豪 杰 叶

寂 寞 避 暑 离 宫 句 东 风 辇 路 句 芳 草 年 年 发 叶 落 日 无
人 松 径 冷 句 鬼 火 高 低 明 灭 叶 歌 舞 樽 前 句 繁 华 镜 里
句 暗 换 青 青 发 叶 伤 心 千 古 句 秦 淮 一 声作平 片 明 月 叶

（萨都剌）

谱

仄平 平 仄 句 仄 平 平仄 平 仄 豆 仄平 平 平 仄 韵 仄平 仄 平仄 平 平
仄 仄 句 仄平 仄 平 仄 仄 叶 仄 仄 平 平 句 平 平 平仄 仄 句 仄平
仄 平 平 仄 叶 平仄 平 平 仄 仄 句 仄平 平 平 平 平 叶

仄平 仄 仄平 仄 平 平 句 平 平 平仄 仄 句 平 平 平 仄 仄 叶 平仄 仄 平
平 仄 仄平 仄 平 平 句 平 平 平仄 仄 句 平 平 平仄 仄 平仄
句 仄平 仄 平 平 仄 叶 平仄 平 平 仄 仄 句 仄平 平 平 平仄 仄 叶

《沁园春》一百十四字，前段十三句，后段十二句，共十韵。又名《大圣乐》《洞庭春色》《寿星明》。按词中交亲之亲字，不叶韵亦可。

孤 鹤 归 飞 句 再 过 辽 天 句 换 尽 旧 人 韵 念 累 累 枯 塚 句

茫茫梦境_句王侯蝼蚁_句毕竟成尘_叶载酒园林_句寻
花巷陌_句当日何曾轻负春_叶流年改_句叹围腰带剩
_句点鬓霜新_叶　交亲_叶散落如云_叶又岂料_豆而今
余此身_叶幸眼明身健_句茶甘饭软_句非惟我老_句更
有人贫_叶躲尽危机_句消残壮志_句短艇湖中闲采莼
_叶吾何恨_句有渔翁共醉_句溪友为邻_叶　　（陆游）
　　谱
仄平 仄平平仄_句仄仄平平_句仄平平仄仄平_韵仄平仄平平仄仄_句
仄平平平仄仄_句仄平平平仄仄_句仄仄平平_叶仄仄平平平_句仄平
平仄仄_句仄平仄平平_叶　平平_句平仄仄平_叶平平仄仄_句仄仄平平_仄豆平平
平仄平_叶仄仄平平仄仄_句仄平平仄仄_句平平仄平仄仄_句仄平
仄平平_叶仄平平仄_句仄平平仄仄仄_句平仄仄平平_叶
叶平平仄_句仄平平仄仄仄_句平仄仄平平_叶

《贺新郎》一百十六字，前段十句，后段同，共十三韵。一作《贺新凉》，又名《金缕曲》
《乳燕飞》《貂裘换酒》。

篆缕销金鼎_韵醉沉沉_豆庭阴转午_句画堂人静_叶芳
草王孙知何处_句惟有杨花糁径_叶渐玉枕_豆腾腾春
醒_叶帘外残红春已透_句镇无聊_豆殢酒恹恹病_叶云
鬓乱_豆未忺整_叶　江南旧事休重省_叶遍天涯_豆寻
消问息_句断鸿难倩_叶月满西楼凭阑久_句依旧归期
未定_叶又只恐_豆瓶沉金井_叶嘶骑不来银烛暗_句枉
教人_豆立尽梧桐影_叶谁伴我_豆对鸾镜_叶　　（李玉）
　　谱
仄平 仄平平仄_韵仄平平_豆平仄平仄仄_句仄平平仄_叶仄平
仄平仄平平仄_句仄仄平平仄仄_豆平仄平平仄
仄_叶仄平仄平平平仄_句仄平平_豆仄仄平平仄_叶平
仄仄_豆仄平仄_叶　平平仄仄平平仄_叶仄平平_豆平

平 仄 仄 句 仄 平 平 仄 叶 平仄 仄 仄平 平 平 平仄 仄 句 平 仄 平 平
仄 仄 叶 平仄 仄 仄 豆 平 平 平 仄 叶 仄平 仄 平仄 平 平 仄平 仄 句 仄
平 平 豆 仄平 仄 平 平 仄 叶 平 仄 仄 豆 仄 平 仄 叶

　　上列十数首，不过为初学者立一格式，陋略殊多；然学者苟能熟读此
十数调，按谱以填之，他日自能升堂入室也。

第三节　词韵

词昉于唐，而唐词用韵与诗同，至于宋代，始渐有以入代平，以上代平诸例，然无韵书也。戈顺卿曰："宋朱希真尝拟应制词韵十六条，而别列入声韵四部，其后张辑释之，冯取洽增之，至元陶宗仪曾讥其淆混。欲为改定，而其书久佚，且亦无自考矣。厉鹗论词绝句有云：'欲呼南渡诸公起，韵本重雕《菉斐轩》。'注云，'曾见绍兴二年刊《菉斐轩词林要韵》一册，分东红邦阳十九韵，亦有上去入三声作平声者。'于是人皆知有《菉斐轩词韵》，而又未之见。近秦敦夫先生取阮芸台先生家藏《词林韵释》，一名《词林要韵》，重为开雕，题曰'宋菉斐轩刊本'。而跋中疑为元明之际谬托，又疑此书专为'北曲'而设，诚哉是言也。观其所分十九韵，且无入声，则断为曲韵无疑。樊榭偶未深究耳。是欲辑词韵，前既无可考，而此书又不可据以为本也；国初沈谦曾著《词韵略》一编，毛先舒为之括略，并注以东董江讲支纸等标目，平领上去，而止列平上，似未该括，入声则连二字，曰屋沃，曰觉乐，又似纷杂；且用《阴氏韵目》，删并既失其当，则分合之界，模糊不清，字复乱次以清，不归一类，其音更不明晰，舛错之讥，实所难免。同时有赵钥、曹亮武，均撰词韵，与去矜（沈谦，字去矜）大同小异。若李渔之词韵四卷列二十七部（中略）至前此胡文焕《文会堂词韵》，平上去三声用曲韵，入声用诗韵，骑墙之见，亦无根据，近又有许昂霄辑《词韵考略》，亦以今韵分编。（中略）今填词家所奉为圭臬，信之不疑者，则莫如吴烺、程名世诸人所著之《学宋斋词韵》，其书以学宋为名，宜其是矣，乃所学者，皆宋人误处。（中略）复有郑春波者，继作《绿漪亭词韵》以附会之，羽翼之，而词韵遂因之大紊矣。是古

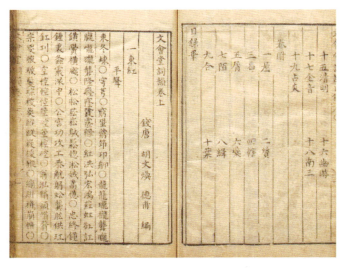

《文会堂词韵》

人之词具在，无韵而有韵，今人之韵成书，反有韵而无韵，岂不大可笑哉？
是书列平上去为十四部，入声为五部，共十九部，皆取古人之名词，参酌
而审定之，尽去诸弊，非谓前人之书皆非，而予言独是也；不过求合于古，
一片苦心，知音者自能鉴谅尔。"兹将戈氏《词林正韵》，录其要目于下：

第一部　　【平声】一东·二冬·三钟·通用·

　　　　　【仄声】（上声）一董·二肿·（去声）一送·二宋·三用·通用·

第二部　　【平声】四江·十阳·十一唐·通用·

　　　　　【仄声】（上声）三讲·三十六养·三十七荡·（去声）四绛·四十一
　　　　　漾·四十二宕·通用·

第三部　　【平声】五支·六脂·七之·八微·十二齐·十五灰·通用·

【仄声】（上声）四纸·五旨·六止·七尾·十一荠·十四贿·（去声）五置·六至·七志·八未·十二霁·十三祭·十四太半·十八队·二十废·通用·

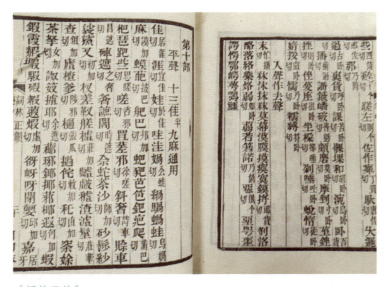

《词林正韵》

第四部　【平声】九鱼·十虞·十一模·通用·

【仄声】（上声）八语·九噳·十姥·（去声）九御·十遇·十一暮·通用·

第五部　【平声】十三佳半·十四皆·十六咍·通用·

【仄声】（上声）十二蟹·十三骇·十五海·（去声）十四太半·十五卦·十六怪·十七夬·十九代·通用·

第六部　【平声】十七真·十八谆·十九臻·二十文·二十一欣·二十三魂·二十四痕·通用·

【仄声】（上声）十六轸・十七准・十八吻・十九隐・二十一混・二十二很・（去声）二十一震・二十二稕・二十三问・二十四焮・二十六圊・二十七恨・通用・

第七部　　【平声】二十二元・二十五寒・二十六桓・二十七删・二十八山・一先・二仙・通用・

　　　　　【仄声】（上声）二十阮・二十三旱・二十四缓・二十五潸・二十六仗・二十七铣・二十八狝・（去声）二十五愿・二十八翰・二十九换・三十谏・三十一裥・三十二霰・三十三线・通用・

第八部　　【平声】三萧・四宵・五爻・六豪・通用・

　　　　　【仄声】（上声）二十九篠・三十小・三十一巧・三十二皓・（去声）三十四啸・三十五笑・三十六效・三十七号・通用・

第九部　　【平声】七歌・八戈・通用・

　　　　　【仄声】（上声）三十三哿・三十四果・（去声）三十八个・三十九过・通用・

第十部　　【平声】十三佳半・九麻・通用・

　　　　　【仄声】（上声）三十五马・（去声）十五卦半・四十祃・通用・

第十一部　【平声】十二庚・十三耕・十四清・十五青・十六蒸・十七登・通用・

　　　　　【仄声】（上声）三十八梗・三十九耿・四十静・四十一迥・四十二拯・四十三等・（去声）四十三映・四十四诤・四十五劲・四十六径・四十七证・四十八嶝・通用・

第十二部　【平声】十八尤・十九侯・二十幽・通用・

　　　　　【仄声】（上声）四十四有・四十五厚・四十六黝・（去声）四十九宥・五十候・五十一幼・通用・

第十三部　【平声】二十一侵·独用·

　　　　　　【仄声】（上声）四十七寝·（去声）五十二沁·通用·

第十四部　【平声】二十二覃·二十三谈·二十四盐·二十五沾·二十六
　　　　　　咸·二十七衔·二十八严·二十九凡·通用·

　　　　　　【仄声】（上声）四十八感·四十九敢·五十跌·五十一
　　　　　　忝·五十二俨·五十三赚·五十四槛·五十五范·（去声）
　　　　　　五十三勘·五十四阚·五十五艳·五十六桥·五十七验·五十八
　　　　　　陷·五十九鉴·六十梵·通用·

第十五部　【仄声】（入声）一屋·二沃·三烛·通用·

第十六部　【仄声】（入声）四觉·十八药·十九铎·通用·

第十七部　【仄声】（入声）五质·六术·七栉·二十陌·二十一麦·二十二
　　　　　　音·二十三锡·二十四识·二十五德·二十六缉·通用·

第十八部　【仄声】（入声）八勿·九迄·十月·十一没·十二曷·十三
　　　　　　末·十四黠·十五辖·十六屑·十七薛·二十九叶·三十
　　　　　　帖·通用·

第十九部　【仄声】（入声）二十七合·二十八盍·三十一业·三十二
　　　　　　洽·三十三狎·三十四乏·通用·

　　填词用韵，不离平上去入四声，就中平声只能独押，上去声可以通押，
入声亦只能独押；然如《西江月》《少年心》《菩萨蛮》《换巢鸾凤》之类，
皆统押平上去三声，此其特例。此外词中又有换韵之法；所谓换韵者，
即不全押一韵之谓也。如一用平声，一用入声者，则为二声并押；如用
平声而又换押上声去声者，则为三声并押，至其应换韵之处，学者按诸
《词谱》，自能了然矣。词中用韵，又有用仄韵宜押入声，而不宜用上
去者；亦有必须押上声，或必须押去声者，规律极严，非本编所能尽述，

学者苟欲详加研究，则有唐段安节，《乐府杂录》（有五音二十八调之图，对于填腔叶韵之法，论之甚详。）宋张玉田《词源》两书，可备参考也。

《乐府杂录》

第四节　词书之取材

　　唐宋以来，古人所著之词书，种类甚多，兹为初学者应用起见，择要分列于下：

《花间集》十卷　蜀赵崇祚编

《草堂诗余》四卷　宋人编

《花庵词选》十卷　《中兴以来词选》十卷　宋黄昇编

《绝妙好词笺》十卷　附《续钞》一卷　宋周密编

《词综》三十六卷　清朱彝尊编　补二卷　王昶编

《明词综》十二卷　清王昶编

《清朝词综》四十八卷　二集八卷　清王昶编

　　读以上各书，可知历代词学之盛衰变迁，刘公勇曰："词亦有初盛中晚，不以代也。牛峤、和凝、张泌、欧阳炯、韩偓、鹿虔扆辈，不离唐绝句，如唐之初，未脱隋调也，然皆小令耳。至宋则极盛，周张柳康，蔚然大家，至姜白石、史邦卿。则如唐之中，而明初比晚唐，盖非不欲胜人，而中实枵然，取给而已，于神味处全未梦见。"学者苟能将以上各书，流览一过，则当知刘氏之论，为不谬矣。又朱祖谋之《彊村丛书》共刻词集一百七十二种，校对亦精，学者如能置备，则《词综》《明词综》《清词综》三书，可不必备矣。

《词林纪事》二十二卷　附录三卷　清张宗橚编

《词律》二十卷　清万树编

《词律拾遗》六卷　《补注》二卷　清徐本立纂

　　上述词律，与朱竹垞之《词综》，皆考核精微，可作填词图谱观也。

《蒨斐轩词林韵释》二卷

《词源》二卷　宋张炎编

《词苑丛谈》　清徐釚编　此为古今唯一之词话书，极有价值之作也。

《词学全书》十四卷　清查继超编

《词话》二卷　清毛奇龄编

　　以上各书，为评论词学之书，其体例作法，以及音律腔拍，论之颇详，而前人谬误之处，亦能一一道出，学词者不可不读之书也。

　　学者如欲专学一家或一派之词，则可备下列两书：

《宋六十名家词》九十卷　明毛晋编

《十六家词》三十九卷　清孙默编

　　上述《宋六十名家词》，两宋名家之词，大致尽网罗无遗；《十六家词》，则清代著名各家，亦已应有尽有。

　　以上总集类。

　　学者如欲选读数家，则可选各家词集，以资观摩，兹亦附录于后：

《清真词》　周邦彦成著

《醉翁琴趣》　欧阳修著

《东坡乐府》　苏轼著

《屯田集》　柳永著

《淮海集》　秦观著

《樵歌》　朱敦儒著

《稼轩词》　辛弃疾著

《后村词》　刘克庄著

《白石道人歌曲》　姜夔著

《碧山词》　王沂孙著

《梦窗词》　吴文英著

　　以上宋人词集。

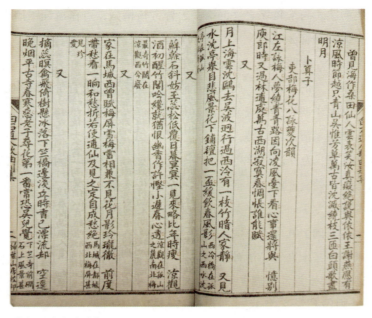

《白石道人歌曲》

《珂雪词》　曹贞吉著

《曝书亭词注》七卷　朱彝尊著 李富孙注

《乌丝词》　陈维崧著

《弹指词》　顾贞观著

《饮水词》《侧帽词》　纳兰性德著

《樊榭山房词》　厉鹗著

《蘅梦楼词》　郭麐著

《茗柯词》　张惠言著

《疏影楼词》　姚燮著

《金梁梦月词》　周之琦著

《冰蚕词》　承龄著

《空青词》　边浴礼著

以上清人词集。初学者可就性之所近，择一二家专集而读之，然后纵观博览可也。

以上专集类。

《词林正韵》　清戈载编

以上韵书类。

《词学常识》终